오후 네시

오후 네시

아멜리 노통브 · 김남주 옮김

Les Catilinaires   Amélie Nothomb

이 책은 실로 꿰매어 제본하는 정통적인 사철 방식으로 만들어졌습니다.
사철 방식으로 제본된 책은 오랫동안 보관해도 손상되지 않습니다.

베아트리스 코망제에게

나는 너를 전쟁이라 부르고 네게 전쟁의
자유를 주고 총알이 관통한 어두운 네 얼굴을
두 손으로 감싸 주리라…….

이브 본푸아

사람은 스스로가 어떤 인물인지 알지 못한다. 자기 자신에게 익숙해진다고 믿고 있지만 실제로는 정반대이다. 세월이 갈수록 인간이란 자신의 이름으로 말하고 행동하는 그 인물을 점점 이해할 수 없게 된다.

그렇다고 문제가 되는 것은 아니다. 자신이 낯설게 느껴진다고 한들 무슨 불편이 있을 것인가? 그 편이 오히려 나을지도 모른다. 자신이 어떤 인간인지 알게 되면 혐오감에 사로잡힐 테니까.

만약 내게 그런 일이 일어나지 않았다면 — 무슨 일이냐고? 그 일을 어떻게 설명해야 할까? — 그러니까, 베르나르댕 씨를 만나지 않았다면, 당연히 이상하게 느꼈어야 할 그런 일을 나는 아직도 당연하게 여기고 있었을 것이다.

그 사건이 시작된 것이 언제부터인지 자문해 본다.

열 가지의 추정이 가능할 것이다. 백 년 전쟁의 발발 연도에 대해서처럼 말이다. 그 사건은 1년 전부터 시작되었다고 말해야 옳겠지만, 사건의 윤곽이 드러나기 시작한 것은 6개월 전이라고 해야 할 것이다. 하지만 그 시작은 내가 결혼할 무렵, 그러니까 43년 전으로 거슬러 올라간다고 하는 편이 더 정확할 것이다. 아니 엄밀하게 말해서 이 사건의 시작은 내가 태어났을 때, 그러니까 66년 전으로 거슬러 올라간다고 하는 편이 가장 사실과 가까울 것이다.

나는 그중에서 첫 번째 안(案)을 따르기로 한다. 즉 모든 것은 1년 전부터 시작되었다.

사람을 굴복시키는 집들이 있는 법이다. 그런 집들은 운명 이상으로 거역 못 할 존재들이다. 첫눈에 사람을 함락시키고 마니까. 그곳에 살지 않을 수 없게 되는 것이다.

내 나이 예순다섯 살이 되어 갈 무렵, 쥘리에트와 나는 시골에 살 만한 집을 찾고 있었다. 그 집을 보자마자 우리는 그 집이 〈우리 집〉이 되리라는 것을 알 수 있었다. 꺾은 괄호를 좋아하지 않긴 하지만, 〈우리 집〉을 가리킬 때는 쓰지 않을 수 없다. 왜냐하면 그 집은 우리가 여생을 보낼 곳, 우리를 기다려 온 곳, 오래전부터 우리가 찾고 있던 곳이었으니까.

오래전부터, 그렇다. 쥘리에트와 내가 부부가 되었을 때부터. 법적으로는 43년이 된다. 하지만 실제로는 60년 동안 결혼 생활을 한 셈이나 마찬가지다. 우리는 유치원에서 같은 반이었다. 학기가 시작되던 날 우리는 서로를 발견했고, 서로 사랑하게 되었다. 우리는 한 번도 헤어져 본 적이 없다.

쥘리에트는 언제나 내 아내였다. 또한 내 누이이자 내 딸이기도 했다 ─ 우리의 나이 차는 한 달밖에 되지 않았지만. 그랬기 때문에 우리는 아이를 낳지 않았다. 나는 한 번도 그녀 이외의 다른 사람이 필요하다고 느낀 적이 없다. 내게는 쥘리에트 하나로 충분했다.

나는 고등학교에서 라틴어와 그리스어를 가르쳐 왔다. 나는 그 직업을 좋아했고, 몇 안 되는 내 학생들과 좋은 관계를 유지해 왔다. 하지만 신비주의자가 죽음을 기다리듯 나는 정년퇴직을 고대하고 있었다.

이런 내 비유에는 근거가 있다. 쥘리에트와 나는 사람들이 하고 사는 모든 일들로부터 자유로워지기를 줄곧 갈망해 왔다. 연구, 일, 가능한 한 간소화된 사교 생활조차도 우리에겐 번거로웠다. 우리의 결혼조차 형식적인 일에 불과한 것처럼 느껴졌다.

쥘리에트와 나는 예순다섯 살이 되기를 바랐고, 속세(俗世)라는, 시간 낭비에 불과한 그 생활에서 벗어나고 싶었다. 태어날 때부터 도시에서 살아온 우리는 자연에 대한 사랑에서라기보다는 호젓하게 지내고 싶다는 욕구에서 시골에서 살고 싶었다. 그것은 배고픔이나 목마름이나 혐오감과 흡사한 절실한 욕구였다.

〈우리 집〉을 보았을 때 우리는 그윽한 안도감을 느꼈다. 우리가 어린 시절부터 갈망해 온 그 장소가 실재하고 있었던 것이다. 만약 우리가 용기를 내어 그곳을 머릿속에 그려 보았다면, 바로 〈우리 집〉처럼 작은 시냇가 옆 빈터에 자리 잡은, 벽을 타고 올라간 등나무 때문에 안이 들여다보이지 않는, 그런 앙증맞은 집을 꿈꾸었을 것이다.

그곳에서 4킬로미터 떨어진 곳에 있는 모브 마을에서 우리는 필요한 것들을 모두 구할 수 있었다. 시냇물 건너편에는 우리 집과 똑같은 모양의 집이 한 채 있었다. 집주인의 말에 따르면 그 집에는 의사가 살고 있다고 했다. 우리에게 망설임의 여지가 남아 있었다 해도, 그 말로 그런 갈등을 말끔히 씻을 수 있었으리라. 쥘리에트와 나는 속세를 벗어날 테지만 우리의 안식처에서

30미터도 떨어지지 않은 곳에 의사가 있게 되는 셈이 아닌가!

우리는 한순간도 망설이지 않았다. 한 시간도 채 못 되어 그 집은 〈우리 집〉이 되었다. 집세도 비싸지 않았고, 손봐야 할 데도 없었다. 그 일에는 행운이 분명 함께하는 것 같았다.

눈이 내린다. 1년 전 우리가 이 집으로 이사 오던 날에도 눈이 내렸다. 우리는 기뻐서 어쩔 줄 몰랐다. 몇 센티미터 쌓인 그 하얀 눈은 집에 온 첫날부터 이 집이 우리 집이라는 확신을 주었다. 다음 날 아침잠을 깬 우리에게는 지난 43년 동안 줄곧 살아왔던 도시의 아파트보다 새로 이사 온 그 집이 더 편안하게 느껴졌다.

마침내 나는 내 전체를 온전히 쥘리에트에게 바칠 수 있게 되었다.

그건 설명하기 어려운 감정이다. 나는 아내를 위해 충분한 시간을 할애했다는 느낌을 한 번도 가진 적이 없었다. 60년 동안 나는 그녀에게 무엇을 주었던가? 그녀는 내 모든 것이다. 그녀도 나에 대해 같은 말을 하겠지만 그렇다고 해서 내 뿌리 깊은 결핍감이 사라지는 것은 아니다. 내가 그녀에게 잘 대해 주지 않았다든지 쩨쩨했다는 뜻이 아니다. 다만 쥘리에트에게는 내가 전부였다는 것이다. 나는 과거에도 그녀의 모든 것이었고 지금도 그렇다. 그 생각을 하면 목이 멘다.

〈우리 집〉으로 이사 온 후 처음 며칠 동안 우리가 무엇을 했던가? 아무것도 하지 않았던 것 같다. 너무나 하얗고 조용한 나머지 자주 걸음을 멈추고 어리둥절한 태도로 서로를 마주 보았던 숲으로 산책을 몇 번 나간 것 외에는.

그 외에는 아무것도 하지 않았다. 우리는 어린 시절부터 꿈꿔 오던 곳을 마침내 찾았던 것이다. 그런 생활이야말로 늘 갈망해 오던 것임을 우리는 바로 알 수 있었다. 그 평화로운 생활이 침해당하지만 않았다면, 장담하건대 우리는 죽을 때까지 그렇게 살았을 것이다.

이 말을 하니 등줄기가 서늘해진다. 그렇게 말해서는 안 된다는 것을 알고 있다. 내가 실수하고 있는 것이다. 부정확하다거나 사실과 다르다고 하기보다는 실수라고 해야 정확할 것이다. 그것은 분명 내가 이 사건을 이해하지 못하고 있기 때문이다. 이 사건은 나를 넘어서니까.

이사 와서 처음 한 주 동안에 일어난 일을 나는 완벽하게 떠올릴 수 있다. 나는 벽난로에 불을 피우곤 했는데, 당연히 그 일에 서툴렀다. 그 과업을 성공적으로 해내기 위해서는 몇 년이 걸리는 모양이다. 장작 하나에 불을 붙이긴 했지만, 그 불은 곧 꺼지고 말았기 때문에 다른 장작에 옮겨붙지 않았다. 말하자면 나는 불을 일시적으로 붙이는 데만 성공했을 뿐이다. 그것만으로도 나는 자랑스러웠다.

아궁이 앞에 웅크리고 앉아 나는 고개를 돌리고 쥘리에트를 바라보았다. 그녀는 옆에 놓인 낮은 안락의자에 앉아 예의 그 눈길로 불을 응시하고 있었다. 사물을 존중하는, 그 경우에는 그 대단찮은 불씨를 존중하는 집중의 눈길로.

갑작스러운 감동이 나를 휩쌌다. 우리가 결혼한 이후, 아니 우리가 처음 만난 이후 그녀는 조금도 변하지 않았던 것이다. 그녀는 조금 — 아주 조금 — 키가 자랐고 머리카락이 하얗게 세었지만 그 나머지, 다시 말해서 모든 것이 착각을 일으킬 정도로 그대로였다.

그녀가 불길을 바라보는 그 눈길은 수업 중에 여선생님을 바라보던 바로 그 눈길이었다. 무릎 위에 놓인 두 손, 반듯이 세운 고개, 차분한 입매는 수업에 열중한 아이의 얌전한 자세가 아닌가. 그녀가 변하지 않았다는 것을 나는 오래전부터 알고 있었지만, 그 정도로 똑

같다는 사실을 깨달은 것은 처음이었다.

　이 발견에 벅찬 감정이 치밀어 올라왔다. 이제 나는 보잘것없는 불길이 아니라, 60년 전부터 나와 함께 살아온 여섯 살짜리 소녀의 눈빛을 응시하고 있었다.

　몇 분이 지났을까. 갑자기 그녀가 내게 고개를 돌리더니 자신을 바라보고 있는 나를 보며 나직이 말했다.

　「불이 꺼졌어.」

　나는 그 말에 대한 대답이라도 되는 것처럼 말했다.

　「시간이 멈춘 것 같군.」

　내 평생 그렇게 행복했던 때는 다시없었다.

　〈우리 집〉으로 이사 온 지 일주일이 지나자 우리는 줄곧 그 집에서 살아온 것 같은 느낌이 들었다.

　어느 날 아침 우리는 필요한 물건들을 사기 위해 자동차를 타고 마을로 갔다. 모브의 식품점은 우리를 매혹시켰다. 그 식품점에서 팔고 있는 것은 대수롭지 않은 것들뿐이었다. 선택의 여지가 없다는 그 사실이 우리를 형언할 수 없는 기쁨에 빠뜨렸다.

　나는 돌아오는 길에 관찰한 바를 말했다.

　「당신도 봤겠지만 이웃집 굴뚝에 연기가 올라가지 않아. 오래전부터 이곳에서 살았을지는 몰라도 아직

16

불 피우는 기술은 터득하지 못한 모양이야.」

차고에 도착할 때까지 쥘리에트는 그 문제에 대해 아무 대답도 하지 않았다. 우리가 처음 가져 보는 차고였다. 내가 차고 문을 닫자 그녀가 말했다.

「우리 차한테도 이 집은 〈우리 집〉인 것 같아.」

나는 그녀가 꺾은 괄호를 쓰고 있다는 것을 알 수 있었다. 나는 미소를 지었다.

우리는 사 온 물건들을 정리했다. 눈이 다시 내리기 시작했다. 아침에 장을 봐 오기를 잘했다고 아내가 말했다. 머지않아 길에 차가 다닐 수 없게 될 것이었다.

그 생각이 나를 기쁘게 했다 ─ 모든 것이 나를 기쁘게 했다. 내가 말했다.

「내가 언제나 좋아하는 속담이 있지. 〈행복해지려면 숨어 살라〉는 속담 말야. 우리가 바로 그렇지 않아?」

「맞아, 우리가 바로 그래.」

「누군지 지금은 기억나지 않지만 어떤 작가가 이렇게 덧붙였지. 그리 오래전도 아니지. 〈숨어 살려면 행복하라〉고 말야. 이 말이 더 맞는 것 같아. 우리에게 더 적절해.」

쥘리에트는 내리는 눈을 바라보고 있었다. 그녀의 등밖에 보이지 않았지만, 나는 그녀가 어떤 눈빛을 하고 있는지 보지 않아도 알 수 있었다.

   그날 오후 4시경이었다. 현관문을 두드리는 소리가
들려왔다.
   내가 나가서 문을 열었다. 나보다 나이가 많아 보이
는 뚱뚱한 사내가 서 있었다.
   「난 베르나르댕이라고 하오. 이웃집에 살고 있소.」
   이웃이, 하물며 숲속의 빈터에 똑같은 모양으로 지
어진 두 집 중의 한 집에 사는 이가 새로 이사 온 사람
을 만나 보러 오는 것처럼 당연한 일이 어디 있겠는가?
게다가 그 사내의 얼굴은 지극히 평범했다. 하지만 나
는 로빈슨 크루소가 프라이데이와 처음 마주쳤을 때처
럼 깜짝 놀라 몸을 움직일 수가 없었던 것이 기억난다.
   얼마간의 시간이 흐른 뒤에야 나는 이쪽의 결례를
깨닫고 응당 해야 할 대답을 했다.
   「그렇군요. 선생이 의사 선생님이시군요. 들어오십
시오.」
   그가 거실로 들어오자 나는 쥘리에트를 찾으러 갔
다. 그녀는 겁에 질려 있었다. 나는 미소를 지어 보였다.
   「이건 그저 예의상의 방문일 뿐이야.」 나는 낮은 목
소리로 속삭였다.

베르나르댕 씨는 내 아내와 악수를 한 다음 자리에 앉았다. 그리고 그는 커피 잔을 받아 들었다. 나는 그에게 그 집에 산 지 오래되었느냐고 물었다.

「40년 되었소.」그가 대답했다.

나는 감탄하지 않을 수 없었다.

「40년 동안 여기서 사셨다고요! 정말 행복하셨겠군요!」

그는 아무 말도 하지 않았다. 그것으로 나는 그가 행복하지 않았던 모양이라고 결론짓고 더 이상 캐묻지 않았다.

「모브에는 선생님 말고 다른 의사는 없습니까?」

「없소.」

「책임이 막중하시겠군요!」

「아니요. 이곳에는 아픈 사람이 없어요.」

전혀 놀랄 일이 아니었다. 그 마을의 인구는 1백 명이 채 안 되었던 것이다. 따라서 운이 좋으면 건강이 나쁜 사람이 없을 수도 있었다.

나는 그로부터 몇 가지 다른 기본적인 정보들을 끌어냈다 — 끌어냈다는 표현이 이 경우에는 적절하다. 그는 될 수 있는 대로 입을 열려고 하지 않았으니까. 내가 말을 하지 않으면, 그 역시 말을 하지 않았다. 나는 그가 결혼한 몸이고, 아이는 없고, 우리가 병이 날 경우 그를 찾아가도 좋다는 말을 들었다. 그 말에 나는 이렇게 응답했다.

「선생님 같으신 분이 이웃집에 사시니 우린 정말이지 운이 좋군요!」

그는 무표정하게 앉아 있었다. 나는 그가 서글픈 부처 같은 표정을 짓고 있다고 생각했다. 어쨌든 수다를 늘어놓지 않는다고 그를 비난할 수는 없는 일이었다.

그는 내 시시한 질문들에 대답하면서 두 시간 동안 안락의자에서 꼼짝도 하지 않았다. 날씨에 관한 내 질문에도 그는 깊이 생각할 필요가 있는 것처럼 시간을 들여 대답하곤 했다.

나는 그런 그의 모습에 감동했다. 그 방문이 그를 번거롭게 했으리라는 것을 나는 한순간도 의심치 않았다. 예의를 지켜야 한다는 순진한 생각에서 어쩔 수 없이 우리 집을 찾아온 것이 분명했다. 그는 자리에서 일어날 순간을 필사적으로 고대하고 있는 것 같았다. 내 눈에는, 그가 지나치게 멍하고 난처한 나머지 차마, 〈이제 당신을 그만 방해해야겠군요〉라든지 〈당신을 알게 돼서 기쁩니다〉 같은 말을 하면서 자리에서 일어서지를 못하는 것처럼 보였다.

그런 감동적인 모습으로 두 시간을 보낸 다음 그는 마침내 자리에서 일어났다. 그의 표정에서 나는 그가 난처한 듯 〈어떤 말을 해야 자리를 뜨는 것이 결례가 되지 않을지 모르겠군요〉 하고 말하고 싶어 하는 듯한 느낌을 받았다.

측은해진 나는 재빨리 그를 구해 주었다.

「이렇게 함께 계셔 주시다니 정말 친절하시군요! 하지만 부인께서는 선생님이 돌아오지 않으신다고 걱정하실 것 같은데요.」

그는 아무 대답도 없이 외투를 걸치고는 작별 인사를 한 뒤 현관을 나갔다.

나는 웃음이 터지려는 것을 참으며 멀어져 가는 그의 뒷모습을 지켜보았다. 그가 저만큼 멀어지자 나는 쥘리에트에게 말했다.

「가엾은 베르나르댕 씨! 이 예의상의 방문이 얼마나 그를 힘들게 했을까!」

「말이 없는 사람 같아.」

「얼마나 다행이야! 저런 이웃은 우리를 번거롭게 하지 않을 거야.」

나는 아내를 품에 안으며 나지막하게 말했다.

「이곳이 얼마나 호젓한 곳인지 알겠지? 앞으로도 얼

21

마나 호젓하게 지낼 수 있는지 알겠지?」

우리가 원하는 것은 그뿐이었다. 그것은 이름 없는 행복이었다.

스퀴트네르[1]는 어떤 시인을 인용해 이렇게 말하지 않았던가. 〈무욕(無慾)보다 더한 만족은 없다〉고.

다음 날 4시경 베르나르댕 씨는 우리 집 문을 두드렸다.

그를 들어오게 하면서 나는 그가 자기 아내 역시 친절하게도 우리를 방문할 것이라는 말을 하러 온 모양이라고 생각했다.

의사는 전날 앉았던 안락의자에 앉아 커피 한 잔을 받아 든 채 말이 없었다.

「하루 동안 어떻게 지내셨습니까?」

「잘 지냈소.」

「부인께서도 우리 집을 방문해 주실 겁니까?」

「아니요.」

「부인은 잘 지내십니까?」

「그렇소.」

「물론 그렇겠죠. 의사의 부인이 건강이 좋지 않을 리

---

1 Louis Scutenaire(1905~1987). 벨기에의 초현실주의 작가.

는 없으니까요, 그렇지 않습니까?」

「그렇지 않소.」

나는 부정의 질문에 대한 응답 규칙을 떠올리며 그 〈그렇지 않소〉가 무슨 뜻인지 한순간 궁금했다. 나는 어리석게도 말꼬리를 잡았다.

「일본인이나 컴퓨터에게서 그런 대답을 들었다면, 부인께서 편찮으시다는 뜻으로 알아들었을 겁니다.」

대답이 없었다. 일말의 자괴감이 나를 휩쌌다.

「용서하십시오. 전 40년 동안 라틴어를 가르쳐 왔기 때문에 다른 사람들도 나처럼 문법적인 강박 관념을 갖고 있을 거라고 때때로 오해를 하곤 하지요.」

대답이 없었다. 베르나르댕 씨는 창밖을 내다보고 있는 것 같았다.

「이제 눈이 그쳤군요. 다행입니다. 간밤에 눈이 내린 걸 보셨습니까?」

「그렇소.」

「겨울이면 언제나 그 정도로 눈이 옵니까?」

「아니요.」

「눈 때문에 때때로 길이 막히기도 하나요?」

「때로는.」

「쌓인 눈이 오래갑니까?」

「아니요.」

「아, 도로 관리과에서 바로 치우나 보죠?」

「그렇소.」

「잘됐군요.」

이 나이에 내가 1년이나 된 그 대화 내용을 정확하게 기억하는 것은, 그 의사가 너무나도 천천히 대답했기 때문이다. 나의 조급한 질문마다 그는 한참 뜸을 들인 후에야 대답했던 것이다.

어쨌든 일흔 살은 되었음 직한 노인이 대답하는 데 시간이 걸리는 것은 당연했다. 5년 안에 어쩌면 나도 그렇게 될지 모른다고 나는 생각했다.

쥘리에트가 수줍은 태도로 베르나르댕 씨 곁으로 와서 앉았다. 그녀는 앞서 말한, 경의와 관심에 찬 예의 그 눈길로 그를 바라보고 있었다. 그녀의 두 눈은 줄곧 모호한 빛을 띠었다.

「커피 한 잔 더 드릴까요, 선생님?」 그녀가 물었다.

그는 거절했다. 〈아니요.〉 나는 그가 〈고맙소〉라거나 〈부인〉이라는 말을 덧붙이지 않은 데 대해 놀라지 않았다. 〈그렇소〉와 〈아니요〉가 그가 주로 쓰는 말임에 분명했다. 나는 그가 어째서 먼저 말을 걸지 않는지 궁금해지기 시작했다. 그는 아무 말도 하지 않았고 할 말도 없는 것 같았다. 한 줄기 의혹이 내 머릿속을 비집고 들었다.

「집은 따뜻하십니까, 선생님?」

「그렇소.」

내 실험적 기질은 나로 하여금 그 질문을 파고들어 갈 것을, 다시 말해서 그의 간결한 어법의 한계가 어디까지인지를 알아볼 것을 부추겼다.

「장작을 때지는 않는 것 같던데요?」

「그렇소.」

「가스로 난방을 합니까?」

「그렇소.」

「그래도 문제가 없습니까?」

「그렇소.」

이러한 대화로는 도움이 되지 않았다. 나는 그가 〈그렇다〉나 〈아니다〉로 대답할 수 없는 질문을 던져 보았다.

「하루하루를 어떻게 보내시나요?」

대답이 없었다. 그의 시선에 노기가 서렸다. 내가 자신을 모욕하기라도 한 것처럼 그는 입술을 일그러뜨렸다. 그 말 없는 불만의 표시가 어찌나 인상적이었던지 나 자신이 부끄럽게 느껴질 정도였다.

「용서하십시오. 제가 무례했습니다.」

다음 순간, 나는 그 말이 우스꽝스럽게 느껴졌다. 내 질문은 너무나도 당연한 것이 아니었던가! 할 말도 없으면서 남의 집에 불쑥 찾아오는 결례를 저지른 것은 바로 그였다.

그가 말이 많았더라도 그의 행동이 부당하게 느껴졌을까 하고 나는 생각해 보았다. 그가 수다를 늘어놓는 편이 나았을까? 딱 잘라 말하기 어려웠다. 하지만 그의 침묵은 얼마나 짜증스러웠던가!

문득 나는 한 가지 다른 가능성을 생각해 냈다. 그가 우리에게 요구할 것이 있는데 차마 그 말을 못 꺼내고 있는지도 몰랐다. 나는 여러 가지 가능성을 타진해 보기로 했다.

「전화가 있으십니까?」

「그렇소.」

「라디오나 텔레비전은요?」

「없소.」

「우리도 없습니다. 그런 것 없이도 잘 지낼 수 있죠, 그렇지 않습니까?」

「그렇소.」

「자동차에 문제가 있나요?」

「아니요.」

「독서를 좋아하십니까?」

「아니요.」

그에게는 적어도 솔직하다는 장점이 있었다. 하지만 책 읽는 취미 없이 이 쓸쓸한 벽촌에서 어떻게 살아간단 말인가? 나는 깜짝 놀라지 않을 수 없었다. 그가 어제 한 말에 따르면 이 마을에는 환자도 없다지 않은가.

「이곳은 산책하기 정말 좋은 곳입니다. 자주 산책을 나가십니까?」

「아니요.」

나는 진작 의심해 보았어야 했다고 생각하며 그의 살찐 얼굴을 뜯어보았다. 〈어쨌든 의사가 저렇게 뚱뚱하다니 이상한 일이군!〉 하고 나는 생각했다.

「무슨 과 의사이신지, 전공과목이 있습니까?」

나는 기록적으로 긴 대답을 들을 수 있었다.

「그렇소, 심장 전문의요. 하지만 일반 개업의로 일하고 있소.」

충격이었다. 이 얼빠져 보이는 사내가 심장 전문의라니. 그 과목은 고되고 강도 높은 공부를 전제로 하고 있었다. 그러니까 그 머릿속에 지성이 자리 잡고 있다는 말이었다.

그 사실에 매혹당한 나는 내가 예측한 모든 것을 뒤

싶어 생각하기로 했다. 이웃집 남자는 탁월한 인물이었다. 그가 내 간단한 질문에 15초나 뜸을 들인 후에야 대답하는 것은 내 질문이 부질없는 것임을 강조하기 위해서였다. 그가 입을 열지 않는 것은 침묵을 두려워하지 않기 때문이었다. 그가 책을 읽지 않는 것은 그의 서글픈 육체[2]로부터 엿볼 수 있었던 것과 부합하는 말라르메적인 동기임이 분명했다. 그의 간결한 말투와 〈그렇다〉와 〈아니다〉에 대한 지나친 편애는 「마태오의 복음서」의 저자나 베르나노스[3]의 화법을 본받은 것이었다. 허공을 응시하는 그의 눈빛은 실존적인 불만을 드러내는 것이었다.

그러자 모든 것이 설명되었다. 그가 이곳에서 40년을 산 것은 세상에 대한 혐오 때문이었고 그가 우리 집에 와서 침묵을 지키는 것은 죽음을 앞두고 새로운 종류의 대화를 시도해 보는 것이었다.

나는 나 역시 침묵을 지키기로 마음먹었다.

누군가와 머리를 맞대고 앉아 침묵을 지킨 것은 내

2 〈육체는 서글프다. 아! 그리고 나는 모든 책을 읽었다.〉 말라르메의 시 「바다의 미풍」의 첫 행.
3 Georges Bernanos(1888~1948). 프랑스의 가톨릭 작가. 전통적 가톨릭 입장에서 형이상학적 문제에 천착하는 작품을 남긴 한편, 미온적인 신자와 위선적인 성직자를 강도 높게 비난했다.

평생 그때가 처음이었다. 좀 더 정확히 말하자면, 쥘리에트와는 이미 해본 일이었다. 여섯 살 이후 언어에 의지하지 않고 시간을 보내는 것은 우리가 가장 자주 택하는 대화 방식이었다. 하지만 베르나르댕 씨와 함께 있을 때 그런 정도까지 바랄 수는 없었다.

처음에 나는 그의 침묵에 신뢰감을 가지고 동조했다. 그것은 쉬운 일 같았다. 더 이상 입술을 움직이지 않고, 더 이상 할 말을 찾아내려 애쓰지 않는 것으로 충분했다. 하지만 안타깝게도 침묵이라고 해서 다 같은 것은 아니다. 쥘리에트의 침묵이 전설 속의 동물들이 살고 있는, 가능성으로 가득 찬 고요한 세계였다면, 의사의 침묵은 처음부터 사람의 신경을 자극하고 인간이라는 존재를 빈약한 물질만으로 환원시켜 버리는 것이었다.

잠수부가 숨을 멈추는 시간을 연장하려는 것처럼 나는 좀 더 버티려고 애썼다. 이웃집 남자의 침묵은 정말이지 견디기 어려웠다. 내 두 손은 축축해지고 혀는 바짝 말라 있었다.

더 고약한 것은 우리 손님이 내 시도를 달갑게 여기지 않는 것 같다는 점이었다. 이윽고 그는, 〈나에게 말을 걸지 않다니 당신 정말 무례하군!〉 하고 말하는 듯한, 격분한 태도로 나를 쏘아보기에 이르렀다.

나는 항복했다. 소심한 내 입술은 소리 — 어떤 소리든 상관없었다 — 를 내기 위해 움직이기 시작했다. 놀랍게도 내 입에서 이런 말이 흘러나왔다.

「제 아내의 이름은 쥘리에트, 저는 에밀이라고 합니다.」

나는 정신을 차릴 수가 없었다. 정말이지 우스꽝스러울 정도로 허물없는 말이 아닌가! 우리 이름을 그 사람에게 알려 주고 싶은 생각은 털끝만큼도 없었는데. 도대체 왜 내 목구멍에서 이런 말들이 소리로 만들어진 것일까?

의사는 내 이런 생각에 동감이라는 듯 아무 말도, 심지어는 〈아〉라는 감탄사조차 말하지 않았다. 그의 눈길에서는 〈알겠다〉라는 뜻의 희미한 응답의 기미도 찾아볼 수 없었다.

나는 우리가 무쇠 팔을 가진 자에게 넘겨져 온몸이 으깨지고 있는 듯한 느낌을 받았다. 그의 얼굴에는 당당한 승리의 빛이 드러나 있었다.

하지만 가엾게도 항복하고 만 나는 기왕 내디딘 걸음을 계속했다.

「선생님 이름은 어떻게 되십니까?」

여느 때와 다름없이 그는 15초간의 침묵에 이어 언제나처럼 억양 없는 목소리로 대답했다.

「팔라메드요.」

「팔라메드? 팔라메드라고요! 정말 멋지군요! 트로이 공략 때 주사위 놀이를 생각해 낸 사람의 이름이 바로 팔라메데스[4]라는 사실을 모르십니까?」

베르나르댕 씨가 그 사실을 알고 있었는지의 여부는 영원히 알 수 없으리라. 왜냐하면 그는 아무 말도 하지 않았던 것이다. 하지만 나는 그 이름이 불러일으킨 가벼운 기쁨에 취해 있었다.

「팔라메드라! 선생님께 말라르메적인 면이 엿보이는 게 바로 그래서였군요! 〈주사위 던지기에서는 결코 우연이 배제될 수 없다〉[5]고 했으니까요.」

이웃집 남자는 그러는 나를 오만하게 내려다보는 것 같았다. 내가 괴상망측한 말이라도 한 것처럼 그는 입을 다물고 있었다.

「이해해 주십시오. 선생님 이름이 뜻밖이어서 웃음이 나왔습니다. 하지만 팔라메드라는 이름은 정말 매력적입니다.」

4 Palamedes. 트로이 전쟁 때 그리스 편에서 활약한 영웅. 참전하지 않으려고 실성한 체하던 오디세우스의 책략을 꺾었으나 뒷날 이에 앙심을 품은 오디세우스의 모함으로 죽었다. 숫자와 거울, 자 그리고 주사위와 서양 장기 놀이의 발명자로 전해진다.

5 Un coup de dés jamais n'abolira le hasard. 스테판 말라르메가 1897년 발표한 시로, 그의 절대적 작품관의 기폭제가 되었다.

상대는 대답이 없었다.

「선생님의 부친께서도 저처럼 고전어를 가르치는 분이셨나요?」

「아니요.」

〈아니요〉라는 말이 베르나르댕 씨의 아버지에 대해 내가 들을 수 있었던 전부였다. 나는 상황이 짜증스러워지기 시작했다. 나는 사람들에게 질문을 던지는 것에 대해 언제나 두려움을 갖고 있었다. 어쨌든 내가 그런 곤경에 빠지게 된 것도 그 때문이 아닌. 내용을 모르는 사람이 이 장면을 본다면 의사 쪽에 손을 들어 주리라. 우선 내가 경솔했다는 점에서, 그리고 지혜란 결코 말 많은 사람 편에 있는 것이 아니라는 점에서. 하지만 그것은 그 제삼자가 이 대화를 불가해(不可解)한 것으로 만드는 한 가지 전제, 곧 내 집에 쳐들어온 사람이 바로 그 사내라는 사실을 알지 못하고 하는 말이다.

나는 하마터면 그에게 이렇게 물을 뻔했다. 〈무엇 때문에 나를 보러 온 겁니까?〉 그 말은 입 밖으로 나오지 않았다. 내가 보기에 그 말은 너무나도 갑작스러워서 그만 가달라는 요구로 들릴 것 같았다. 물론 내가 원하는 것이 바로 그것이었다. 하지만 나는 뻔뻔스럽게 행동할 용기가 없었다.

하지만 팔라메드 베르나르댕, 그에게는 그럴 용기가 있었다. 그는 얼빠진 듯하면서도 심술궂은 태도로 허공을 응시하며 말없이 앉아 있었다. 자신의 태도가 무례하다는 사실을 그는 의식하고 있었던 것일까? 어떻게 그의 생각을 알아낼 수 있을까?

그동안 쥘리에트는 줄곧 그 사내 옆에 앉아 있었다. 그녀는 그를 관찰하며 그에게 무척 흥미를 느낀 것 같았다. 그녀는 특이한 짐승의 행태를 연구하는 동물학자 같은 모습이었다.

둔한 몸집과 대조되는, 정상적인 눈빛을 한 이웃집 남자의 가냘픈 옆얼굴은 보는 사람의 흥미를 불러일으켰다. 하지만 안타깝게도 나는 그것을 보고 웃을 수가 없었다. 생애 처음으로 나는 내가 엄격한 교육을 받았다는 것이 유감스러웠다.

도대체 그에게 무슨 말을 더 시킨단 말인가? 나는 문제가 되지 않을 만한 화제를 찾기 위해 머릿속을 뒤졌다.

「가끔 도시에 나가십니까?」

「아니요.」

「선생님께서 필요로 하는 것들이 모두 이 마을에 있단 말입니까?」

「그렇소.」

「모브의 식품점에는 대단한 게 없죠.」

「아니요.」

〈아니요〉라. 〈아니요〉라니? 이건 무슨 뜻일까? 〈그렇소〉라는 말이 더 적절하지 않을까? 언어학 귀신이 또다시 나를 붙들고 늘어지려 할 때 쥘리에트가 끼어들었다.

「거긴 상추도 없더군요, 선생님. 물론 상추가 나올 계절은 아니지요. 하지만 상추 없이 지내기란 어려운 일이잖아요. 봄에는 있나요?」

이 질문은 우리 손님의 지적 수준을 넘어선 것 같았다. 그를 박사라고 믿었던 나는 그가 정신병자일 것이라는 처음의 추리로 되돌아왔다. 그도 그럴 것이 바보가 아니라면, 〈예〉나 〈아니오〉나 〈모르겠다〉는 대답만 할 리가 없지 않은가.

그는 다시 못마땅한 태도를 취했다. 하지만 내 아내의 질문을 경솔한 것이라고 비난할 순 없었다. 나는 지나친 배려를 표하며 중간에 끼어들었다.

「이것 봐, 여보, 베르나르댕 씨 같은 신사분한테 살림에 대한 질문을 해서야 되겠어?」

「베르나르댕 씨는 샐러드를 안 드시나요?」

「그건 베르나르댕 부인이 신경 쓰실 일이잖아.」

아내는 의사 쪽으로 몸을 돌리더니, 순진한 것인지 무례한 것인지 짐작이 가지 않는 질문을 던졌다.

「부인께서는 샐러드를 드시나요?」

내가 막 끼어들려 할 때, 언제나처럼 뜸을 들인 후 그가 대답했다.

「예.」

그가 몸소 대답했다는 간단한 사실은 그 질문이 제대로 선택된 것이었음을 증명하고 있었다. 그러니까 그런 종류의 질문들은 그에게 해도 좋은 것이었다. 여러 가지 채소를 열거함으로써 우리는 한동안을 보낼 수 있었다.

「두 분은 토마토도 드시나요?」

「예.」

「순무도요?」

「예.」

채소의 종류를 나열하는 것은 훌륭한 해결책이었지만, 예의를 지켜야 한다는 생각에서 나는 그쯤에서 그만두었다. 유감스러운 일이었다. 그것이 재미있어지기 시작했으니.

기억하건대, 침묵과 하찮은 질문으로 보낸 시간보다

대화가 끊긴 상태로 보낸 시간이 더욱 길었던 것 같다.

저녁 6시가 되자 그 전날처럼 그는 돌아가기 위해 자리에서 일어섰다. 나는 그 사실을 믿을 수가 없었다. 이 두 시간이 내게는 얼마나 까마득히 길게 느껴졌는지 말로 표현할 수가 없다. 그리스 신화의 외눈박이 거인 키클롭스, 아니 그 거인을 상대한 자와 싸우고 난 것처럼 나는 기진맥진해 있었다. 실제로 키클롭스는 폴리페모스,[6] 곧 〈말 많은 자〉라고 불리지 않았던가. 수다쟁이를 상대하는 것도 물론 힘든 일이다. 하지만 갑자기 들이닥쳐 한사코 입을 다물고 있는 사람을 어떻게 대해야 하는가?

그 전날 이웃집 남자가 가고 나자 나는 웃음을 터뜨렸었다. 하지만 그날은 더 이상 웃음이 나오지 않았다. 내가 모든 것을 다 알고 있기라도 한 것처럼 쥘리에트가 내게 물었다.

「저 사람이 오늘은 왜 왔을까?」

그녀를 안심시키기 위해 나는 신빙성 없는 대답을 생각해 냈다.

「예의상의 방문이 한 번으로는 부족하다고 생각하

---

6 그리스 신화에서 포세이돈과 히페 사이에 태어난 아들. 〈황금의 양털〉을 찾아 떠나는 원정에 참가했다.

는 사람들도 있거든. 그런 사람들은 두 번 방문하지.
이젠 끝이야.」

「그래! 다행이야. 그 사람은 자리를 많이 차지해.」

나는 웃어 보였다. 하지만 속으로는 더 지독한 일이
일어나지 않을까 걱정하고 있었다.

다음 날 아침 나는 신경이 곤두선 채 잠에서 깼다.
그 이유를 차마 인정할 수가 없었다. 그 막연한 불안감
을 떨쳐 버리기 위해 나는 소풍 계획을 세웠다.

「오늘은 크리스마스트리로 쓸 나무를 사러 가지.」

쥘리에트는 어리둥절한 모양이었다.

「하지만 크리스마스는 지나갔는걸. 지금은 1월이잖아.」

「뭐, 어때.」

「우리는 크리스마스트리를 세운 적이 한 번도 없었
잖아!」

「올해는 하나 세우자고.」

나는 지휘관처럼 작업 계획을 세웠다. 읍내에 가서
전나무 한 그루와 장식품을 사 오리라. 오후에는 거실
에 그 나무를 세우고 장식을 하리라.

크리스마스 전나무를 세우고 안 세우고는 물론 중
요하지 않았다. 그것은 다만 내 불안을 감추기 위한 구

실일 뿐이었다.

12월이 지나 마을에서는 더 이상 전나무를 팔고 있지 않았다. 우리는 몇 가지 꽃 장식과 여러 가지 색깔의 동그라미 장식, 그리고 도끼와 톱을 샀다. 돌아오는 길에 나는 숲 한가운데에 차를 멈추고 초심자답게 서투른 솜씨로 작은 전나무 한 그루를 벴다. 그것을 자동차의 트렁크에 넣고 트렁크 문을 열어 둔 채로 차를 몰아야 했다.

그날 오후 우리는 갖은 애를 써서 그 나무를 거실에 세우는 데 성공했다. 이듬해에는 그 나무가 화분 속에서 뿌리를 내리게 되리라고 나는 단언했다. 그런 다음 나뭇가지에 수상한 취향의 장식을 걸어야 했다. 아내는 무척 재미있어했다. 그녀는 그 전나무가 미용실을 나서는 마을 여자처럼 말쑥해 보인다고 말했다. 거기에 컬 클립을 몇 개 덧붙이는 것이 어떻겠느냐고 제안하기도 했다.

쥘리에트는 우리의 머릿속을 떠나지 않고 있는 그 걱정을 잊은 것 같았다. 하지만 나는 거기에서 헤어날 수 없었기 때문에 그녀 몰래 손목시계를 들여다보곤 했다.

4시 정각, 문 두드리는 소리가 들려왔다.

아내가 웅얼거렸다.

「오, 안 돼!」

이 두 마디로 나는 내 작전이 그녀의 불안을 잠재우지 못했음을 알 수 있었다.

어쩔 수 없이 나는 문을 열었다. 우리 고문자(拷問者)는 혼자였다. 그는 〈안녕하시오〉 하고 중얼거리며 자기 외투를 내게 내밀고는, 이미 익숙해진 듯 거실로 들어가 늘 앉던 안락의자에 앉았다. 그는 커피 한 잔을 받아 들고 입을 열지 않았다.

나는 어제처럼 용기를 내어 그의 아내는 안 오는지 물었다 ─ 그것을 알고 싶어서가 아니라 그가 그래서 방문했는지도 모른다는 생각에서.

못마땅한 태도로 그는 자신의 주요 레퍼토리 중의 하나를 끌어냈다.

「아니요.」

사태는 악몽 같아지기 시작했다. 하지만 적어도 그 날 우리가 한 일은 내게 훌륭한 이야깃거리를 제공해 주었다.

「보셨습니까? 우리는 트리를 세웠답니다.」

「예.」

나는 하마터면 〈아름답지 않습니까?〉 하고 물을 뻔

했지만 과학 실험을 실시하듯 그와는 다른 대담한 질문을 던졌다.

「어떻게 생각하십니까?」

이 상황에서 그 누구도 무례하다고 나를 비난할 수는 없었다. 나는 숨을 죽였다. 이 모험은 중요했다. 베르나르댕 씨에게 과연 아름다움과 추함에 대한 개념이 있는가 하는 것을 알 수 있는 기회였다.

언제나처럼 뜸을 들이면서 애매한 눈길로 우리의 작품을 바라본 다음, 그는 공허한 목소리로 애매하게 대답했다.

「좋소.」

〈좋소〉라니. 그 말의 속뜻이 무엇일까? 그 말에 심미적인 판단이 포함되어 있는 것일까? 아니면 〈크리스마스트리를 세우는 것은 좋다〉는 도덕적인 범주에 속한 것일까? 나는 집요하게 캐물었다.

「어떤 뜻으로 〈좋소〉라고 하신 겁니까?」

의사는 마뜩지 않은 기색이었다. 내 질문이 자신의 평상적인 응답 언어의 범주를 넘어설 때면 그가 그런 표정을 짓곤 한다는 사실에 나는 주목했다. 그의 그런 태도에 자칫하면 나는 처음 이틀 동안 그런 것처럼 내 질문이 부적합한 것이었다고 스스로를 부끄럽게 여길 뻔했다. 하지만 이번만큼은 나도 호락호락하게 넘어가지 않을 생각이었다.

「그 말은 저 트리가 멋지다는 뜻입니까?」

「그렇소.」

제기랄. 그에게 좋아하는 두 단어를 쓸 기회를 주지 말아야 한다는 것을 그만 깜빡 잊고 말다니.

「그렇다면 선생님 댁에도 트리를 세우셨나요?」

「아니오.」

「왜죠?」

우리 손님은 노한 표정을 지었다. 나는 생각했다. 〈좋아, 인상을 쓰려면 써보시지. 내가 당신한테 드물게 결례되는 질문을 던진 게 사실이니까. 어째서 트리를 안 세웠느냐고 말야. 내 행동은 예의가 없고말고! 하지만 이번에는 당신을 도와주지 않겠어. 당신 혼자서 대답을 생각해 내라고.〉

시간이 흐르는 동안 베르나르댕 씨는 생각에 잠긴 듯, 그 질문이 스핑크스의 수수께끼라도 되는 것처럼 그것을 풀어야 한다는 것에 대해 치밀어 오르는 화를 삭이는 듯, 미간을 찌푸린 채 말이 없었다. 나는 기분이 좋아지기 시작했다.

그러니, 쥘리에트가 부드러운 어조로 이렇게 말하는

것을 듣고 내가 얼마나 황당했겠는가.

「베르나르댕 씨는 자신이 트리를 세우지 않는 이유를 모르고 계실 수도 있어요. 사람은 종종 그런 일에 대한 이유를 모르는 법이니까.」

나는 비탄에 찬 눈길로 그녀를 바라보았다. 그녀가 모든 걸 망쳐 버린 것이다.

곤경을 벗어난 이웃집 남자는 평온을 되찾았다. 그를 관찰하면서 나는 이런 표현이 그에게 적절하지 않다는 것을 깨달았다. 그의 태도는 평온과는 거리가 멀었다. 내가 그에게 이 단어를 사용한 이유는 이 말이 흔히 뚱뚱한 이들에게 어울리기 때문이었다. 하지만, 우리 고문자의 얼굴에는 그런 침착함이나 온화함의 흔적은 전혀 찾아볼 수 없었다. 요컨대 그의 얼굴에는 서글픔만이 드러나 있을 뿐이었다. 하지만 그것은 포르투갈인들에게서 볼 수 있는 우아한 서글픔이 아니라, 빠져나갈 길 없는, 짓누르는 듯한, 차가운 서글픔이었다. 왜냐하면 그 서글픔이 그의 비계 속에 녹아 있었기 때문이다.

돌이켜 보건대 나는 뚱뚱한 이들이 낙천적이라는 선입견을 갖고 있었던 것이 아닐까? 나는 그 근거를 찾아 기억을 뒤져 보았지만 찾을 수 없었다. 뚱뚱한 이들이 낙천적이라는 평판에는 근거가 없는 듯했다. 대부분의 뚱뚱한 이들이 오히려 베르나르댕 씨처럼 짓눌린 듯한 모습을 하고 있지 않은가.

그 사실 역시 그의 존재가 그토록 불쾌하게 느껴졌던 이유 중의 하나였으리라. 그가 행복한 모습을 하고 있었다면, 그의 침묵이 그토록 숨 막히게 느껴지지는 않았을 것 같다. 그 침체되고 기름진 절망 속에는 사람을 못 견디게 하는 무엇인가가 있었다.

날씬하다기보다는 연약하다고 해야 마땅한 쥘리에트는 웃지 않을 때조차도 기분 좋은 얼굴을 하고 있었다. 하지만 우리 손님의 경우에는 그 반대였다. 웃을 때조차도 기분 좋은 얼굴이 아니었던 것이다.

크리스마스트리에 대한 질문이 실패로 돌아간 이후로, 내가 무슨 말을 했는지조차 모르겠다. 내가 기억하는 한 아주 길고, 길고도 고통스러운 시간이 흘렀다.

마침내 그가 자리에서 일어섰을 때 나는 겨우 저녁 6시밖에 안 되었다는 사실을 믿을 수가 없었다. 밤 9시가 되어서 그와 어쩔 수 없이 저녁 식사를 같이 해야 할 줄 알았다. 그러니까 전날, 그리고 전전날과 마찬가지로 그는 〈겨우〉 두 시간 동안 머물러 있었던 것이다.

화가 난 이들이 흔히 그러듯 부당하게도 나는 아내

에게 책임을 전가했다.

「내가 트리에 대해 물었을 때 왜 그 사람을 구해 줬어? 그 사람이 쩔쩔매게 내버려 두었어야 했는데!」

「내가 그 사람을 구해 줬다고?」

「그렇잖아! 당신이 그 사람 대신 대답했으니 말야.」

「그건 당신 질문이 좀 부적절하게 느껴졌기 때문이야.」

「물론 부적절했지! 그런 질문을 한 데는 이유가 있어. 그의 지능을 시험해 보려는 것뿐이었다고.」

「그 사람은 어쨌든 심장 전문의잖아.」

「아득한 과거에는 똑똑했을지도 모르지. 하지만 이제는 전혀 그렇지 않은 것 같아.」

「그보다는 그 사람에게 무슨 문제가 있는 것 같지 않아? 그 의사는 불행과 체념에 찬 태도를 하고 있어.」

「이것 봐, 쥘리에트, 당신이 마음씨가 곱다는 건 알아. 하지만 우리가 베르나르 성인[7]은 아니잖아.」

「그 사람, 내일도 올까?」

「그걸 내가 어떻게 알아?」

내가 언성을 높이고 있다는 사실을 깨달았다. 나는

---

7 Bernard de Clairvaux(1090~1153). 프랑스의 신비주의자, 성인. 베르나르댕bernardin이 〈성 베르나르 수도회 수사〉라는 뜻임을 빗댄 농담인 듯하다.

치사하게도 아내에게 신경질을 내고 있었던 것이다.

「미안해. 그런 종류의 인간은 나를 화나게 하거든.」

「그 사람이 내일 또 오면 어떻게 하지, 에밀?」

「모르겠어. 당신 생각엔 어떻게 하는 게 좋겠어?」

나는 스스로가 바보스럽게 느껴졌다.

아내는 미소를 띠며 말했다.

「어쩌면 내일은 안 올지도 몰라.」

「그럴지도 모르지.」

하지만 안타깝게도 나는 마음속으로는 반대로 생각하고 있었다.

다음 날 오후 4시, 누군가 우리 집 문을 두드렸다. 우리는 그게 누군지 이미 알고 있었다.

베르나르댕 씨는 먼저 입을 열지 않았다. 그는, 자신에게 말을 시키지 않는 우리를 굉장한 결례라도 범하는 사람들로 여기는 듯했다.

두 시간 후 그는 돌아갔다.

「내일은 말야, 쥘리에트, 4시 10분 전에 산책을 나가자.」

아내는 웃음을 터뜨렸다.

다음 날 3시 50분, 우리는 걸어서 산책을 나갔다. 눈이 내리고 있었다. 우리는 열광했고 해방감을 느꼈다. 산책이 그처럼 즐거웠던 적은 처음이었다.

　아내는 열 살짜리 아이로 돌아갔다. 그녀는 온 얼굴에 하늘을 담으려는 듯 고개를 뒤로 젖혔다. 그러고는 입을 크게 벌려 내리는 눈송이를 가능한 한 많이 삼키려 애썼다. 그녀는 자신이 몇 개의 눈송이를 삼켰는지 헤아렸다. 이따금 그녀는 내게 믿을 수 없는 숫자를 들려주곤 했다.

　「155개야.」

　「거짓말.」

　숲속을 걷는 우리의 발소리는 눈 내리는 소리만큼이나 조용했다. 우리는 아무 말 없이 행복의 등가물인 침묵에 휩싸여 있었다.

　오래지 않아 어둠이 내리기 시작했다. 천지를 뒤덮은 순백의 눈 덕택에 사물이 더욱 또렷하게 보였다. 침묵이 물질로 변한다면 아마도 눈이 되리라.

　우리가 〈우리 집〉으로 돌아왔을 때에는 6시가 지나 있었다. 생긴 지 얼마 되지 않은 듯한, 한 사람의 발자국이 우리 집 문 앞까지 나 있었고, 이어 이웃집으로 돌아가고 있었다. 그 발자국, 특히 속절없이 한동안을 기

다렸음을 증명하는 현관문 앞의 발자국을 보고 우리는
웃음을 터뜨리지 않을 수 없었다. 그 발자국은 그의 생
각을 대변하고 있는 것 같았다. 자신의 방문을 기다리
지 않고 외출한 우리를 정말 돼먹지 않은 것들이라고
여겼을 베르나르댕 씨의 불퉁스러운 태도를 우리는 그
발자국 속에서 분명히 볼 수 있었다.

쥘리에트는 들떠 있었다. 내가 보기에 그녀는 지나
치게 흥분한 것 같았다. 동화 같은 그 산책에 이어 의
사가 낙담하고 그냥 돌아갔다는 사실에 정신적으로
흥분한 것 같았다. 아내의 생활은 너무나도 단조로운
것이었으므로, 대단한 것도 아닌 일에 그렇게 강한 반
응을 보였던 것이다.

그날 밤 아내는 잠을 제대로 이루지 못했다. 다음 날
아침 아내는 기침을 했다. 나는 나 자신이 원망스러웠
다. 모자도 쓰지 않은 채 눈을 맞으며 뛰어다니도록 내
버려 두다니, 수백 개의 눈송이를 삼키도록 내버려 두
다니 어떻게 그럴 수가 있었을까?

심각한 것은 아니었지만 그날 산책을 나간다는 것은
생각할 수도 없는 일이었다.

나는 침대에 누워 있는 아내에게 따끈한 음료 한 잔
을 갖다 주었다.

「오늘도 그가 올까?」

〈그〉가 누군지 짚어 말할 필요도 없었다.

「어제 우리가 집에 없어서 실망했을지도 몰라.」

「보통 오후 4시에는 거실에 전등을 켜두잖아. 오늘은 불을 켜놓지 않으면 어떨까.」

「어제 우리는 전등을 켜놓지 않았어. 그래도 그는 우리 집에 왔잖아.」

「요컨대 말이야, 에밀, 우리가 그 사람에게 꼭 문을 열어 줘야 하는 걸까?」

나는, 순진무구한 이들은 언제나 진실을 말하는 법이라고 생각하며 한숨을 내쉬었다.

「좋은 질문이야.」

「하지만 당신은 대답하지 않았잖아.」

「법적으로는 우리가 그 사람에게 문을 열어 주지 않아도 돼. 우리에게 그 일을 강요하는 건 바로 예의라고.」

「우리에겐 예의를 지킬 의무가 있을까?」

역시 좋은 질문이었다.

「예의를 지킬 의무가 있는 사람은 아무도 없어.」

「그런데?」

「문제는 말야, 쥘리에트, 꼭 그래야 하는가가 아니라 우리가 해낼 수 있는가 하는 거야.」

「무슨 말인지 모르겠는걸.」

「65년 동안 예의로 무장하고 살아온 사람이 한순간에 그걸 내던져 버릴 수 있을까?」

「우리가 언제나 예의 바르게 살아왔다고?」

「당신이 내게 그런 걸 묻는다는 그 사실 하나만 보더라도 우리 안에 예절이 얼마나 뿌리 깊게 자리 잡고 있는가를 알 수 있지. 우리는 예의로 무장되어 있기 때문에 그것을 의식조차 못 하게 된 거야. 무의식과 싸울수는 없잖아.」

「노력해 볼 수도 없을까?」

「어떻게?」

「그가 문을 두드릴 때 당신이 2층에 있다면, 그 소리를 못 듣는 게 당연하잖아. 특히 당신 나이에는 말야. 그건 예의에 벗어난 일도 아니고.」

「어째서 내가 2층에 있는 건데?」

「내가 자리에 누워 있어서, 당신이 내 머리맡을 지키기 위해서지. 어쨌든 그건 그 사람과 아무 상관도 없어. 2층에 있다고 해서 예의에 벗어나는 건 아니니까.」

나는 아내의 말이 옳다고 생각했다.

오후 4시 나는 침실의 환자 머리맡에 앉아 있었다.

우리 집 문을 두드리는 소리가 들려왔다.

「쥘리에트, 문 두드리는 소리가 들려.」

「그 사람은 모를 거야. 정말 안 들릴 수도 있거든.」

「하지만 내 귀엔 너무나도 잘 들려.」

「당신은 지금 잠이 들어 있을 수도 있어.」

「이 시간에?」

「왜 안 돼? 내가 아프니까, 당신은 내 머리맡을 지키다가 잠이 든 거지.」

나는 불편해지기 시작했다. 목구멍이 조여들었다. 아내는 내게 용기를 주려는 듯 내 손을 쥐었다.

「곧 돌아갈 거야.」

아내의 예측은 빗나갔다. 그 소리는 그치기는커녕 점점 더 커져 갔다. 6층에는 있어야 그 소리를 안 들을 수 있을 것 같았다. 하지만 우리 집은 두 층뿐이었다.

몇 분이 흘렀다. 베르나르댕 씨는 미친 사람처럼 우리 집 문을 두들겨 대기에 이르렀다.

「저러다 문을 부수겠어.」

「저 사람은 미쳤어. 미쳐도 단단히 미쳤다고.」

문 두드리는 소리는 점점 더 커져 갔다. 나는, 그가 끝까지 포기하지 않고 거대한 몸집으로 문을 밀어 대는 장면을 상상할 수 있었다. 이런 추위에 문이 부서진다면 견디기 어려우리라.

　이윽고 두드리는 소리는 극도에 달했다. 그는 1초도 안 되는 간격으로 연달아 문을 두드려 대고 있었다. 그가 그렇게 힘이 세다는 것을 나는 믿을 수가 없었다. 쥘리에트는 얼굴이 창백해졌다. 아내는 쥐고 있던 내 손을 놓았다.

　무시무시한 일이 일어났다. 다음 순간 나는 급히 층계를 내려가 문을 열었던 것이다.

　고문자의 얼굴은 분노로 부풀어 올라 있었다. 나는 얼마나 겁에 질렸던지 입을 열 수가 없었다. 나는 몸을 비켜 그를 들어오게 했다. 그는 외투를 벗고는 자기 것인 양 예의 그 안락의자에 가서 앉았다.

　「당신이 두드리는 소리를 듣지 못했습니다.」 이윽고 나는 더듬거리며 말했다.

　「당신들이 집 안에 있다는 걸 알고 있었소. 눈 위에 발자국이 없었거든.」

　베르나르댕 씨가 이렇게 많은 단어를 한꺼번에 쏟아 놓은 것은 처음이었다. 그런 다음 그는 기운이 빠진 듯 입을 다물었다. 나는 겁에 질렸다. 조금 전 그가 한 말은 그가 온전한 정신의 소유자라는 것을 증명하고 있었다. 하지만 그의 행동은 위험한 미치광이의 그것이 아닌가.

까마득한 시간이 흘렀을까, 그의 목소리가 다시 들려왔다.

「어제 당신들은 외출했더군.」

그의 어조에는 비난의 기색이 담겨 있었다.

「그렇습니다. 숲으로 산책을 나갔었지요.」

그리고 나는 변명을 하고 있지 않은가! 내 비겁한 태도에 수치를 느낀 나는 이렇게 덧붙이지 않을 수 없었다.

「선생께서 어찌나 요란하게 문을 두드리셨던지……」

이 몇 마디 말을 입 밖에 내는 데 얼마나 큰 용기가 필요했던지 상상도 할 수 없으리라. 하지만 이웃집 남자는 변명할 필요를 전혀 느끼지 않는 모양이었다. 그가 너무 요란하게 문을 두드렸다고? 그랬다, 그의 행동은 옳았다. 왜냐하면 그랬기 때문에 내가 문을 열지 않았던가!

그날 나는 침착하게 침묵을 지키고 있을 수가 없었다.

「어제 산책 중에 아내가 감기에 걸렸답니다. 자리에 누워 있는데 기침도 좀 한답니다.」

어쨌든 그는 의사였다. 어쩌면 그가 어딘가에 쓸모가 있다는 사실이 밝혀질 수도 있었다. 하지만 그는 아무 대답도 하지 않았다.

「아내를 진찰해 주시겠습니까?」

「부인은 감기에 걸렸다고 했잖소.」 그는 짜증 섞인 어조로 말했다. 〈이런 일로 나를 성가시게 하진 않을 테지!〉라고 생각하는 것처럼.

「심각한 것은 아닙니다만 우리 나이에는…….」

그는 더 이상 대답하지 않았다. 그의 침묵에 담긴 뜻은 분명했다. 뇌막염 정도의 중병이 아니라면 그의 진료를 기대하지 말아야 한다는 것이었다.

그는 다시 입을 다물었다. 한 줄기 분노가 내 안에서 치밀었다. 뭐가 어째! 내 집 문을 부술 때만 기운이 나는 이 정신병자에게 두 시간을 고스란히 바쳐야 한다니! 그동안 가엾은 내 아내는 침대에서 혼자 앓고 있는데. 아니, 그럴 수는 없어. 나는 그런 상황을 참을 수가 없었다.

나는 정중하게 그에게 말했다.

「정말 죄송합니다만, 저는 아내의 시중을 들어야겠습니다. 거실에 그대로 앉아 계시든, 아니면 저를 따라 2층으로 가시든 좋을 대로…….」

그 말이 그만 가달라는 뜻임은 누구라도 알아들으리라. 하지만 안타깝게도 베르나르댕 씨는 그런 범주에 드는 사람이 아니었다. 그는 분개한 어조로 이렇게 물었던 것이다.

「내게 차 한 잔도 줄 수 없단 말이오?」

나는 내 귀를 의심했다. 그러니까 우리가 호의에서 매일 그에게 갖다 준 커피 한 잔이 이제 그에 대한 의무가 되어 버린 것이 아닌가! 두려움과 함께 나는 첫 방문 이후 우리가 그에게 제공한 모든 것이 그에 대한 의무가 되고 말았다는 사실을 깨달았다. 그의 단순한 머리는 단 한 번의 친절을 법적인 보호를 받는 권리로 받아들였던 것이다.

어쨌든 내가 그에게 커피를 갖다 줄 수는 없지 않은가! 있을 수 없는 일이 아닌가. 미국인들은 손님에게 〈직접 따라 드시지요〉라는 말을 자연스럽게 한다고들 한다. 하지만 지금 커피를 원하는 사람은 미국인이 아니잖은가. 한편 나로서는 그의 요구를 그대로 무시할 배짱이 없었다. 성격상 대담하지 못한 나는 온건한 제안을 할 수밖에 없었다.

「지금 저는 커피를 준비할 시간이 없습니다. 아내가 마실 뜨거운 음료를 만들어야 하니까 그 김에 선생님께 차 한 잔을 만들어 드리지요.」

나는 하마터면, 〈괜찮으시다면 말입니다〉라고 덧붙

일 뻔했다. 하지만 그 말을 잘라 버릴 최소한의 용기는 갖고 있었다.

그에게 차 한 잔을 가져다준 다음 나는 뜨거운 음료를 갖고 쥘리에트에게 올라갔다. 침대 속에서 몸을 웅크리고 있던 아내가 내게 속삭였다.

「무슨 일이야? 도대체 왜 그렇게 거칠게 문을 두들겼대?」

아내의 두 눈은 두려움으로 둥그레져 있었다.

「모르겠어. 하지만 걱정하지 마. 그는 위험한 사람이 아니니까.」

「정말 그럴까? 그 사람이 우리 집 문을 인정사정없이 세차게 두들겨 대는 소리를 당신도 들었잖아?」

「그는 폭력적인 사람은 아니야. 다만 예의가 없을 뿐이지.」

나는 아내에게 그 사람이 커피 한 잔을 요구했다는 이야기를 들려주었다. 아내는 웃음을 터뜨렸다.

「그 사람을 혼자 아래층에 내버려 두면 어떨까?」

「그럴 순 없어.」

「한번 해봐. 그가 어떤 반응을 보이는지 보기 위해서라도 말야.」

「그 사람이 우리 물건을 뒤지는 건 참을 수 없어.」

「그런 종류의 사람은 아니야.」

「그럼 어떤 종류의 사람이지?」

「내 말 좀 들어 봐. 그는 예의라고는 없는 사람이야. 예의 없는 사람에게는 예의 없이 대할 권리가 있어. 그러니 내려가지 마, 제발. 당신 혼자 그 사람과 마주 앉아 있다고 생각하면 겁이 나.」

나는 미소를 지었다.

「당신이 함께 있어서 나를 보호해 주면 덜 무섭고?」

그 순간 뭔가 으스러지는 소리가 들려왔다. 이어 비슷한 소리가 또 한 번, 뒤이어 세 번째의 소리가 들려왔다. 그 리듬은 우리에게 그 동작이 진행 중임을 알려 주고 있었다. 적이 층계를 올라오고 있었다. 우리 두 사람의 가벼운 몸무게에 익숙해 있었던 계단이 베르나르댕 씨의 거구 아래서 신음을 내질렀던 것이다.

쥘리에트와 나는 식인귀의 찬장에 갇힌 아이들처럼 겁에 질려 서로를 마주 보았다. 도망친다는 것은 불가능했다. 느릿하고 둔중한 발소리가 다가오고 있었다. 나는 열린 방문을 닫을 생각조차 하지 못했다. 그런 보잘것없는 방어가 무슨 소용이 있겠는가? 우리는 살아날 가망이 없었다.

다음 순간 나는 우리의 공포가 너무나도 우스꽝스

러운 것이라는 데 생각이 미쳤다. 사실 전혀 위험할 것이 없었다. 이웃집 남자는 물론 골칫거리였지만, 우리에게 아무런 피해도 입히지 않을 터였다. 그렇다고 해서 우리의 두려움이 사라지는 것은 아니었다. 이미 우리는 그의 존재를 느끼고 있었다. 결전에 맞서기 위해 나는 침착한 태도로 아픈 아내의 손을 잡았다.

그가 우리 앞에 와 있었다. 그의 눈앞에 펼쳐진 것은 한 폭의 그림일 터였다. 앓고 있는 아내의 머리맡에 걱정스러운 태도로 앉아 있는 남편이라니. 나는 깜짝 놀란 척했다.

「이런! 선생님께서 올라오셨군요!」

마치 층계가 삐걱이는 소리를 듣지 않을 수 있었던 것처럼!

그의 얼굴 표정은 종잡을 수가 없었다. 우리의 부당한 태도에 격분한 것 같기도 했고 의심에 차 있는 것 같기도 했다. 쥘리에트는 그에게 예의를 차리지 않아도 된다는 유일한 이유에서 짐짓 앓고 있는 척했다.

그녀는 희극적인 감사를 표하며 앓는 어조로 말했다.

「이런, 의사 선생님, 정말 친절하시군요! 하지만 전 그저 감기에 걸렸을 뿐인걸요.」

당황한 그는 다가와 아내의 이마에 손을 얹었다. 나

는 어리둥절한 채 그런 그를 바라보았다. 내 아내를 진
찰하려면, 그의 두뇌가 제대로 작동하고 있어야 할 것
이 아닌가! 그는 어떻게 이 난관을 헤어날 것인가?

이윽고 그는 육중한 앞발을 들어올렸다. 베르나르댕
씨는 아무 말도 하지 않았다. 한순간 나는 최악의 일을
상상했다.

「어떤가요, 선생님?」

「아무것도 아니오. 부인은 전혀 아프지 않소.」

「하지만 기침을 하는걸요!」

「목에 약간 염증이 있기는 하오. 하지만 아픈 건 전혀
아니오.」

보통 의사라면 안심시키는 어조로 했을 그 말을 그
는 모욕이라도 당한 것처럼 격앙된 어조로 말했다. 〈이
런 시시한 감기 때문에 나에 대한 대접을 소홀히 했느
냐?〉라는 듯이.

나는 짐짓 아무 눈치도 채지 못한 것처럼 행동했다.

「고맙습니다, 정말 고맙습니다, 선생님! 덕택에 한시
름 덜었습니다. 진료비는 얼마를 드릴까요?」

내 아내의 이마에 손 한번 얹은 값을 치른다는 것이
이상하게 보일 터였다. 그 정도로 나는 그에게 빚을 지
기 싫었던 것이다.

그는 무뚝뚝한 태도로 어깨를 으쓱해 보였다. 이렇게 해서 나는 우리 고문자의 성격의 일단을 드러내 주는 행동을 한 가지 발견했다 — 그에게 그런 면이 있다는 사실만으로도 나는 놀라지 않을 수 없었다. 그는 돈에 관심이 없었다. 그에게 고상한 일면, 아니 저속하지 않은 일면이 있다는 게 가능한 일일까?

본래의 모습에 충실하게 그는 그런 긍정적인 인상의 흔적을 서둘러 지워 버렸다. 그는 방 안으로 들어와서는 우리 앞에 놓인 의자에 털썩 주저앉았다.

쥘리에트와 나는 어이없어하는 눈길을 교환했다. 그러니까 그는 우리의 침실 안까지 쳐들어온 것이 아닌가? 옴짝달싹할 수 없는 상황이니만큼 지옥이 따로 없었다.

내게 누군가를 문전 박대할 수 있는 능력이 있었다한들, 그를 어떻게 하겠는가? 무료로 내 아내를 진료해 준 참이 아닌가!

이윽고 아내가 용기를 내어 물었다.

「선생님, 저…… 저 계속 거기 앉아 계실 건가요?」

음울한 그의 표정에 분개한 기미가 어렸다. 뭐라고! 감히 뭐가 어쨌다고?

「여긴 선생님이 계시기에 적당한 곳이 아닙니다. 그

리고 지루하실 거예요.」

그는 그 말을 수긍하는 것 같았다. 하지만 다음과 같은 끔찍한 단서를 달았다.

「내가 거실로 가면, 당신도 가야 하오.」

맥이 빠진 나는 아무 소용이 없는 줄 알면서도 이렇게 말했다.

「아내를 혼자 둘 수는 없습니다.」

「부인은 아프지 않소.」

상상을 초월하는 일이 아닌가! 나는 조금 전에 했던 말을 되풀이할 수밖에 없었다.

「전 아내를 혼자 둘 수 없습니다.」

「부인은 아프지 않소.」

「어쨌든 말입니다, 의사 선생님, 아내는 몸이 약하단 말입니다! 우리 나이에는 당연한 일 아닙니까!」

「부인은 아프지 않소.」

나는 쥘리에트를 바라보았다. 그녀는 체념한 듯 고개를 끄덕였다. 내게 이렇게 호통칠 힘이 있었으면 얼마나 좋았을까. 〈아프든 아프지 않든 난 아내 곁에 있어야겠소! 나가시오!〉라고. 그는 나로 하여금 나 자신이 얼마나 유약한 인간인지를 깨닫게 해주었다. 나는 스스로가 미웠다.

나는 어쩔 수 없이 자리에서 일어나 베르나르댕 씨와 함께 거실로 내려왔다. 기침을 콜록거리는 가엾은 내 아내를 침실에 혼자 내버려 둔 채.

침입자는 늘 앉곤 하는 안락의자에 무겁게 몸을 내려놓았다. 그는, 내가 2층으로 올라가기 전에 갖다 준 찻잔을 집어 들었다. 그는 그것을 입으로 가져갔다. 다음 순간 놀랍게도 그는 찻잔을 내게 내밀며 이렇게 말하는 것이 아닌가.

「차가 식어 버렸소.」

나는 한순간 어리둥절했다. 다음 순간 참을 수 없는 웃음이 치밀어 올라왔다. 정말 대단한 사내가 아닌가! 그 정도로 뻔뻔스러울 수 있다니 상상할 수도 없는 일이었다. 나는 웃고 또 웃었다. 그 웃음으로 반 시간 동안의 짜증이 날아가 버렸다.

나는, 내 웃음 때문에 마음이 상해 있는 그 뚱뚱한 사내의 손에서 찻잔을 받아 들고 부엌으로 갔다.

「금방 새로 만들어 드리지요.」

6시가 되자 그는 돌아갔다. 나는 침실로 올라갔다.

「당신이 크게 웃는 소리가 들리던데.」

나는 아내에게 식은 차 사건을 이야기해 주었다. 아

내 역시 웃음을 터뜨렸다. 이윽고 아내는 어쩔 줄 모르겠다는 듯이 막막한 표정을 지었다.

「에밀, 이제 우리는 어떻게 해야 되지?」

「나도 모르겠어.」

「그 사람에게 문을 열어 주지 말아야 해.」

「그럴 경우 어떤 일이 벌어지는지 봤잖아. 내가 문을 열어 주지 않으면 그는 문을 부술 거야.」

「맞아, 그는 문을 부수겠지! 그렇게 되면 그와 절교할 좋은 기회를 잡을 수 있어.」

「하지만 문이 부서지잖아. 한겨울에 말야!」

「수리하면 돼.」

「문이 부서져도 아무 소용도 없을 거야. 왜냐하면 그 작자와 절교할 수 있는 방법은 없을 테니까. 게다가 좋은 사이로 남아 있는 편이 낫잖아. 그는 우리 이웃이니까 말야.」

「그래서?」

「이웃과 사이좋게 지내는 편이 좋아.」

「왜?」

「다들 그렇게 하니까. 이곳이 외진 곳이라는 것을 잊지 마. 게다가 그는 의사잖아.」

「우리끼리만 사는 것, 그것이야말로 우리가 꿈꿔 온

거잖아. 당신은 그 사람이 의사라고 했지만, 내 생각에 는 그 사람 때문에 우리가 환자가 될 것 같아.」

「과장하지 마. 그는 공격적이진 않아.」

「단 며칠 만에 우리가 얼마나 불안에 휩싸였는지 몰라? 이러다가 한 달 후, 6개월 후엔 어떻게 될 것 같아?」

「겨울이 가고 나면 그도 더 이상 안 올 거야.」

「그렇지 않다는 것을 당신은 잘 알고 있어. 그는 매일같이, 하루도 빼놓지 않고 오후 4시에서 6시까지 우리 집에 와서 죽칠 거란 말야!」

「그러다가 지쳐서 그만둘지도 몰라.」

「그는 결코 지치지 않을 거야.」

나는 한숨을 내쉬었다.

「내 말 좀 들어 봐. 그 사람이 골치 아픈 건 사실이야. 하지만 우리는 여기서 멋진 생활을 하고 있잖아, 아니야? 이런 삶이야말로 우리가 줄곧 바라 온 거잖아. 이렇게 어이없고 하찮은 일로 이 생활을 망칠 수는 없어. 하루는 스물네 시간이야. 두 시간은 하루의 12분의 1이야. 다시 말해서 대단한 게 아니라고. 우리는 매일 스물두 시간을 행복하게 보내고 있어. 어떻게 불평을 할 수 있겠어? 하루에 두 시간도 행복하게 지내지 못하는 사람들을 생각해 봤어?」

「그게 침입당해도 좋은 이유야?」

「예의로라도 우리 삶을 다른 사람들의 삶과 비교해 보자. 우리 생활은 꿈 같아. 불평을 늘어놓는다면 부끄러운 일이지.」

「그건 공정치 않아. 당신은 40년 동안 얼마 안 되는 월급에 매여 일해 왔어. 오늘 우리가 누리는 행복은 소박한 거야. 우리는 그것을 누릴 자격이 있어. 이미 그 값을 치렀다고.」

「그런 식으로 생각해선 안 돼. 인간이란 그 어떤 것에도 권리가 없어.」

「우리 자신을 방어할 권리도 없단 말야?」

「딱하고 멍청한 사내, 지친 야수 같은 인간으로부터 우리 자신을 방어한다고? 그냥 웃어넘기는 편이 낫지 않겠어?」

「난 웃어넘길 수가 없는걸.」

「당신 생각이 틀린 거야. 웃어넘기는 건 어려운 일이 아니야. 이제부터 베르나르댕 씨를 웃어넘기자고.」

다음 날 쥘리에트의 몸이 회복되었다. 오후 4시 문 두드리는 소리가 들려왔다. 나는 입가에 미소를 머금고 문을 열어 나갔다. 그가 대수롭지 않은 인물인 만큼, 우리는 그를 대수롭지 않게 대하기로 마음먹었던 것이다.

「오! 이렇게 놀라울 데가!」 나는 우리 고문자를 발견하곤 감탄의 소리를 내질렀다.

그는 부루퉁한 태도로 집 안으로 들어와서는 내게 외투를 건넸다. 경탄에 찬 어조로 나는 말을 이었다.

「여보, 누가 오셨는지 당신은 꿈에도 생각 못 할걸!」

「누가 오셨는데?」 아내가 층계 위에서 물었다.

「고매하신 팔라메드 베르나르댕 씨가 오셨어! 매력적인 이웃집 신사분 말야!」

아내는 재빨리 층계를 내려왔다.

「의사 선생님께서요? 정말이군요!」

나는 아내의 어조에서 가까스로 웃음을 참고 있다는 것을 느낄 수 있었다. 그녀는 두 손을 모아 의사의 두툼한 손을 잡더니 자신의 가슴께로 가져갔다.

「오, 고맙습니다, 의사 선생님! 보세요, 전 다 나았답니다. 선생님 덕택이에요.」

그 뚱뚱한 사내는 불편한 기색이었다. 그는 내 아내의 손에서 자기 손을 빼내더니 단호한 걸음으로 자신의 안락의자로 다가갔다. 그는 의자에 주저앉았다.

「커피 한잔하시겠어요?」

「그렇소.」

「다른 걸 드려도 될까요? 어제 제 목숨을 구해 주셨잖아요? 어떤 게 좋으시겠어요?」

의기소침해진 그는 아무 대답도 하지 않았다.

「편도 열매를 넣은 과자는 어떠세요? 사과 파이는요?」

우리 집에는 그중 어느 것도 없었다. 쥘리에트가 좀 지나친 것이 아닐까 하고 나는 생각했다. 하지만 적어도 그녀는 유쾌한 것 같았다. 그녀는 있지도 않은 간식거리를 계속해서 열거했다.

「설탕에 절인 과일로 만든 케이크를 큼직하게 한 조각 잘라 올까요? 크림 과자는 어떠세요? 스코틀랜드식 푸딩으로 할까요? 초콜릿 에클레르[8]를 좀 가져올까요?」

나는, 아내가 그런 디저트들을 본 적이라도 있는지 의심스러웠다. 의사의 태도에 노기가 서리기 시작했다. 분개한 듯 오랫동안 말이 없다가 그는 내뱉듯 말했다.

「커피 달란 말이오!」

그의 퉁명스러운 태도를 무시하며 아내는 놀라는 척했다.

「아무것도 안 드시겠다니, 정말이세요? 오, 정말 유감이에요. 선생님께 맛있는 음식을 대접할 수 있으면 정

8 속에 크림을 넣고 위에는 설탕을 입힌 길다란 과자.

66

말 좋을 텐데. 덕분에 저는 다시 태어난 기분이에요, 선생님!」

그녀는 새끼 염소처럼 가볍게 부엌으로 달려갔다. 우리 손님이 그 간식거리 중의 하나를 달라고 했다면 그녀는 어쩔 작정이었을까? 나는 건들거리며 그의 곁에 앉았다.

「친애하는 팔라메드 씨, 선생은 중국의 분류학에 대해 어떻게 생각하십니까?」

그는 아무 말도 하지 않았다. 순간적으로 놀라는 기미조차 없었다. 그의 시선은 이렇게 말하고 있는 것 같았다. 〈이젠 이 친구와의 고통스러운 대화를 견뎌 내야 할 일이 남아 있군.〉

나는 따분한 이야기를 꺼내기로 마음먹었다.

「이 문제에 있어서 보르헤스의 활약은 아찔할 정도입니다. 『심문』에 나오는 이 유명한 구절[9]을 인용하는 것을 용서하십시오. 〈『무상으로 지식을 파는 천상의 시장』이라고 이름 붙인 중국의 어떤 백과사전에서는 동물을 다음과 같이 분류하고 있다. 1) 황제에게 속한 것, 2) 방부 처리된 것, 3) 길들여진 것, 4) 젖먹이 돼지,

---

9 푸코의 『말과 사물』 첫 장에서도 인용된 이 구절의 출전은 보르헤스의 에세이 「존 윌킨스의 분석적 언어」이다.

5) 반인 반어, 6) 전설상의 깃, 7) 야생 개, 8) 현재의 분류에 포함된 것, 9) 미친 듯이 흥분하는 것, 10) 헤아릴 수 없이 많은 것, 11) 낙타털로 만든 가는 붓으로 그려진 것, 12) 기타, 13) 항아리를 깨뜨리는 것, 14) 멀리서는 파리로 보이는 것)으로 분류하고 있습니다. 이 분류법을 선생님께서 전공하신 의학에 적용할 경우 박장대소까지는 아니더라도 슬며시 웃음이 나올 정도는 되지 않겠습니까?」

나는 가능한 한 점잖게 쿡쿡거리고 웃었다. 베르나르댕 씨는 대리석처럼 동요가 없었다.

「이런 얘기에 전혀 웃지 않는 사람도 있습니다. 사실 이 예는 희극적인 수준을 지나 분류학의 방식에 첨예한 문제를 제기하고 있습니다. 우리의 지적 수준이 중국인들보다 합리적이라고 생각할 만한 근거는 어디에도 없으니까요.」

쥘리에트가 우리에게 커피를 따라 주었다.

「애매하기 짝이 없는 당신의 이론 때문에 고명하신 선생님께서 피곤하신 건 아닌지……」

「이런 문제에 대한 접근 없이 아리스토텔레스를 읽을 순 없어, 여보. 그리고 아리스토텔레스를 이해하지 않고는 이 불합리해 보이는 흥미진진한 과제를 해독해

내기란 불가능하고 말야.」

「의사 선생님께 아리스토텔레스가 누구인지부터 설명해 드려야 할 거야.」

「죄송합니다, 팔라메드 씨. 제 아내는, 아리스토텔레스가 의학사에서 어떤 역할을 했는지 잊은 모양입니다. 요컨대 범주라는 개념 자체가 놀라운 거지요. 어째서 사람은 실재하는 것을 분류할 필요를 느꼈을까요? 여기서 저는 선생님께, 기본적인 이분법, 다시 말해서 남녀의 대립처럼 거의 자연스러운 도치라고 할 수 있는 이원론에 대한 말씀을 드리려는 것이 아닙니다. 실제로 범주라는 용어는 세 개 이상의 논점이 있을 때에야 비로소 정당화됩니다. 이원적인 분류는 범주라는 이름에 걸맞지 않습니다. 인류 최초의 삼원적인 분류의 시작, 다시 말해서 분류의 시작이 누구에 의해서 언제 된 것인지 아십니까?」

고문자는, 〈네 마음대로 지껄여라〉라고 여기는 듯한 태도로 커피를 마셨다.

「맞히실 수 없을 겁니다. 리디아[10]의 타찬드르였답니다. 아시겠습니까? 아리스토텔레스가 태어나기 거의 2세

---

10 Lydia. 기원전 547년 페르시아에 멸망한 중동의 왕국. 그리스 문화를 받아들여 학예가 발달했고 염직, 야금, 채광 산업도 융성했다.

기 전에 말입니다! 스타게이라 사람[11]에게는 엄청난 모욕 아닙니까! 타찬드르가 머릿속으로 어떤 생각을 했는지 아십니까? 인간이라는 존재가 처음으로 추상적인 질서와의 연관하에서 현실을 파악한 겁니다. 오늘날 우리는 더 이상 그것을 의식하지 못하고 있지만, 셋 이상의 수로 나뉜 모든 분류는 순수하고 단순한 추상입니다. 남성과 여성 외에 또 하나의 성이 있었다면, 추상은 네 가지 분류, 곧 사원적(四元的) 분류에서 출발했을 겁니다.」

쥘리에트는 찬탄 어린 눈길로 나를 바라보고 있었다.

「탁월한 지적이야! 당신이 이렇게 열정적이었던 때는 없었던 것 같아!」

「저는 저와 수준이 맞는 상대를 손꼽아 기다려 왔습니다.」

「이렇게 와주시다니 정말 고맙습니다, 선생님! 선생님이 아니셨으면 저는 리디아의 타찬드르에 대한 이야기 같은 것은 듣지 못했을 거예요.」

「분류학이 처음 시작되었던 그때의 이야기로 돌아갑시다. 타찬드르의 범주화 작업이 어떤 것이었는지 아

---

11 아리스토텔레스는 기원전 384년 마케도니아 동부 지역의 스타게이라에서 태어났다.

십니까? 그의 범주론은 동물 세계에 대한 그의 관찰에서 나왔습니다. 실제로 그 리디아인은 동물학자였다고 할 수 있습니다. 그는 동물을 세 종으로 분류했습니다. 깃털을 가진 동물, 털을 가진 동물, 그리고 — 잘 들으십시오 — 피부를 가진 동물로 말입니다. 이 마지막 범주에 양서류, 파충류, 인간, 물고기가 포함됩니다. 그가 분류한 순서대로 인용한 겁니다. 굉장하지 않습니까? 저는, 인간을 동물의 하나로 분류한 이 고대의 현인을 좋아합니다.」

「저도 그분 생각에 전적으로 찬성이에요. 인간은 동물이니까요!」 아내가 흥분해서 외쳤다.

「즉각 몇 가지 의문이 생기지요. 타찬드르는 곤충과 갑각류를 어떤 범주에 넣었을까 하는 것 말입니다. 그에게 있어서 곤충이나 갑각류는 동물이 아니었답니다! 그가 보기에 곤충은 먼지의 세계에 속하는 것이었습니다. 단, 잠자리와 나비는 예외였습니다. 그는 이 두 가지를 깃털을 가진 동물로 분류했으니까요. 그는 갑각류를 마디가 있는 조개로 보고 있습니다. 그런데 그의 분류에 의하면 조개류는 광물에 속합니다. 정말 시적이지 않습니까!」

「그렇다면 꽃들은 어떤 범주에 넣었지?」

「혼동하지 마, 쥘리에트. 우리는 동물 얘기를 하고 있잖아. 그 리디아인이 인간이 털이 있는 동물이라는 것을 어떻게 모를 수 있었을까 하는 의문이 있을 수 있습니다. 또 반대로 털을 가진 동물이 우리가 가죽이라고 부르는 것을 지니고 있다는 것을 어떻게 모를 수 있었을까 하는 의문도 나올 수 있습니다. 무척 흥미로운 질문입니다. 그의 기준은 인상주의적입니다. 그렇기 때문에 생물학자들은 하나같이 타찬드르를 우습게 여겼던 겁니다. 그 누구도, 타찬드르가 전례 없는 지적, 형이상학적 도약의 상징임을 알아채지 못하고 있습니다. 왜냐하면 그의 삼원적 체계가 겉으로는 셋으로 나뉘어 있지만 실제로는 이원론(二元論)이니까요.」

「셋으로 나뉜 이원론이라니, 여보, 그게 무슨 뜻이지?」

「그러니까, 예를 들어서 그가 동물을 무거운 것, 가벼운 것, 중간 것으로 분류했다고 합시다. 헤겔도 그 이상의 생각을 해내지는 못했을 겁니다. 그때 그 리디아인이 머릿속으로는 무슨 생각을 하고 있었을까요? 그 생각을 하면 저는 흥분하지 않을 수 없습니다. 그에게 떠오른 첫 영감(靈感)에 이미 세 개의 기준이 구체화되어 있었을까요, 아니면 일반적인 이분법 — 깃털 가진 것과 털 가진 것이라는 — 에서 시작해서 이론을 개진해

가는 과정에서 그것으로는 불충분하다는 사실을 깨닫게 된 것일까요? 그 점만큼은 영원히 알 수 없죠.」

베르나르댕 씨는 동네 개가 짖는군, 하는 듯한 표정을 짓고 있었다. 오만하기 짝이 없는 무관심이었다. 그는 그저 〈자신의〉 안락의자에 마뜩지 않은 태도로 앉아 있을 뿐이었다.

「생물학자들이 그를 비웃은 것은 잘못입니다. 오늘날의 동물학이 그의 분류법보다 더 지적인 분류법을 발전시켰을까요? 팔라메드 씨, 아내와 내가 시골로 이사 오기로 결심했을 때 저는 조류학에 관한 책을 한 권 샀습니다. 새로운 환경과 친해지기 위해서 말입니다.」

나는 그 책을 찾기 위해 자리에서 일어났다.

「여기 있군요. 1994년 보르다스 출판사에서 나온 『세계의 새들』이라는 책입니다. 이 책은 새를 우선 비연작류(非燕雀類) 99가지와 연작류 74가지로 분류하고 있습니다. 이런 방식은 기묘하지요. 어떤 존재를 우선 그 존재가 갖지 않은 특징으로써 묘사하는 것은 부당한 일입니다. 모든 것을 우선 그것이 아닌 것으로써 설명하고자 한다면 어떻게 되겠습니까?」

「맞는 말이야!」 내 논리에 매혹된 듯 아내가 외쳤다.

「생각해 보십시오, 고명하신 선생님, 제가 만약 선생

님이 갖고 계시지 않은 온갖 특징들을 열거함으로써 선생님을 설명하려 한다면 어떻게 되겠습니까! 어이없는 결과가 될 겁니다. 〈팔라메드 베르나르댕이 아닌 모든 것〉이라니. 그 목록은 길겠지요. 왜냐하면 선생님의 특징이 아닌 것들은 무척 많을 테니까 말입니다. 어디부터 시작할까요?」

「예를 들어 의사 선생님께서는 깃털을 가진 동물이 아니라고 할 수 있겠네요!」

「물론 그렇지. 또 선생님께서는 귀찮은 작자도 아니시고, 뻔뻔스러운 인간도 아니시고, 멍청이도 아니시죠.」

쥘리에트의 눈이 휘둥그레졌다. 그녀는 얼굴이 창백해지더니 터져 나오는 웃음을 막기라도 하듯 손으로 입을 막았다.

반대로 우리 손님의 얼굴에는 아무 표정도 떠오르지 않았다. 마지막 구절을 입 밖에 내면서 나는 주의 깊게 그의 표정을 살폈다. 아무런 변화도 없었다. 눈빛 속에 순간적인 번득임도 없었다. 그는 눈을 깜박이지도 않았다. 하지만 그가 내 말을 들은 것은 분명했다. 내가 그런 그의 태도에 감명을 받았다는 것을 고백하지 않을 수 없다.

갑자기 수세에 몰린 것은 바로 나였다. 나는 생각나

는 대로 말을 이었다.

「계통학의 문제들이 생물학을 통해 드러나는 것은 이상한 일입니다. 물론 논리적으로 그럴 수밖에 없을지도 모릅니다. 다양성과는 거리가 먼 것, 예컨대 천둥 같은 것을 대상으로 분류에 골머리를 썩이려 들진 않을 테니까요. 분류의 필요가 있는 것은 수가 많고 잡다한 경우죠. 동물과 식물만큼 수가 많고 잡다한 것이 어디 있겠습니까? 하지만 거기에는 훨씬 근원적인 유사성이 있을 수 있는데…….」

갑자기 나는 그토록 오랫동안 숙고해 온 그 유사성이 무엇인지 까맣게 잊어버린 나 자신을 발견했다. 20년 동안의 숙고의 결과를 기억해 낼 수가 없었다. 하지만 전날처럼 너무 늦기 전에 다시 기억이 떠올랐다. 내 두뇌의 작용이 일시적으로 정지된 것은 베르나르댕 씨의 존재, 아니 그가 주는 압박감 때문임이 분명했다.

「그 유사성이 어떤 건데?」 아내가 물었다.

「아직 가설입니다만, 저는 이런 유사성이 있다고 확신하고 있습니다. 이 점에 대해 어떻게 생각하십니까, 팔라메드 씨?」

우리는 그의 대답을 기다렸지만 소용없었다. 그는 입을 열지 않았다. 나는 그런 그에게 감탄하지 않을 수 없

었다. 내 말을 알아들었든 못 알아들었든 간에 그에게
는 내가 갖지 못한 용기랄까 배짱이랄까 하는 것이 있
었다. 아무 대답도 하지 않을 수 있었던 것이다. 〈모르
겠소〉라는 말도, 어색한 듯이 어깨를 으쓱하는 몸짓도
없었다. 완벽한 무관심이 있을 뿐. 여러 시간 동안 우리
집에 죽치고 앉아 있는 사람의 그런 태도는 경탄할 만
한 것이었다. 나는 매혹되었다. 나는 그럴 수 있는 그가
부러웠다. 그는 거북한 기색조차 보이지 않았다. 거북
한 것은 오히려 우리가 아니었던가! 말도 안 되는 일이
아닌가! 그런 일에 놀라다니 내 잘못이었다. 뻔뻔스러
운 인간이 그런 태도를 부끄러워한다면, 뻔뻔스러운
행동을 그만둘 터였다. 나는 예의 없는 인간이 된다는
것이 멋진 일임에 틀림없다고 생각하고 있는 나 자신
에게 놀라지 않을 수 없었다. 얼마나 좋은가. 자신에게
는 온갖 결례를 허용하면서, 상대방으로 하여금 오히
려 결례를 저지른 것 같은 감정에 휩싸이게 하다니!

　그 화제를 시작하면서 내가 느꼈던 놀라운 편안함은
곧 사그라지고 말았다. 계속해서 나는 소크라테스 이
전의 철학자들에 대해 혼잣말을 늘어놓으면서 겉으로
는 여전히 편안한 체하고 있었지만, 내가 더 이상 우위
에 있지 않다는 것을 절감하고 있었다.

내 상상력의 결실이 겨우 이 정도였던가? 이웃집 남자의 얼굴에 어떤 표정이 스쳐 간 것 같았다. 그 표정은 이렇게 말하고 있는 것 같았다. 〈어째서 그렇게 스스로를 들볶아 대는 거요? 당신은 모를 테지만, 이긴 사람은 나요. 내가 매일같이 두 시간 동안을 당신 거실에 앉아 있다는 사실 하나만 보아도 알 수 있지 않소? 당신의 언변이 아무리 그럴듯해도 그 명백한 증거 앞에서는 할 말이 없을 거요. 난 당신 집에 와서 당신을 귀찮게 하고 있으니 말이오.〉

6시가 되자 그는 돌아갔다.

나는 잠을 이룰 수가 없었다. 쥘리에트가 그 사실을 눈치챘다. 그녀는 내가 아까의 일을 생각하고 있다는 것을 알아채고 이렇게 말했다.

「오늘 오후에 당신 정말 대단했어.」

「그때는 나도 그렇다고 생각했지. 하지만 이제는 확신할 수가 없는걸.」

「당신의 철학적 고찰이 모두 그가 귀찮은 작자라는 결론으로 귀착된 셈이잖아! 난 박수를 칠 뻔했는걸.」

「그렇게 볼 수도 있겠지. 하지만 그게 무슨 소용이 있어?」

「그 사람에게 사태를 직시하게 했잖아.」

「그런 종류의 사람한테는 사태를 직시하게 한다는 게 불가능해.」

「그가 당신 말에 아무 대답도 못하는 걸 봤잖아.」

「그 일로 당황한 건 그가 아니라 우리라는 사실을 당신도 알고 있잖아.」

「그가 마음속 깊은 곳에서 무슨 생각을 했는지 당신이 어떻게 알아?」

「그의 마음속에서 무슨 일이 일어난다 해도 우리 문제에는 영향을 끼치지 않을걸. 요컨대 그는 그 후에도 계속해서 우리 거실에 와서 앉아 있을 거야.」

「어쨌든 난 정말 재미있었어.」

「다행이군.」

「내일도 그 이야기를 계속할 거야?」

「응. 달리 할 일이 없으니까 말이야. 엉뚱하기 짝이 없는 당신의 우아한 질문으로도, 나의 지나친 박식으로도 그를 쫓아내지는 못할 거야. 하지만 적어도 우리들 기분이 좋아진다는 장점이 있으니까.」

우리는 그런 딱한 상황에 처해 있었다.

피해를 입는 경우에 장점이 있을 수 있다면 피해 당

사자가 자신의 인내력의 한계를 시험할 수 있다는 점이다. 내적 성찰을 해본 적이 없는 나는 내 마음속 깊은 곳을 들여다보고는 깜짝 놀랐다. 마치 거기서 미지의 힘을 발견하기를 기대했던 것처럼.

그런 힘을 발견하는 대신 나는 나 자신에 대해 많은 것을 알게 되었다. 예를 들어 나는 스스로가 소심한 인간이라는 사실을 모르고 있었다. 40년 동안 고등학교에서 라틴어를 가르치면서 나는 대수롭지 않은 것이라 하더라도 소동을 겪은 적이 없었다. 학생들은 나를 존경했다. 나는 나 자신이 선천적인 권위를 타고났다고 여겼던 것 같다. 하지만 내가 강한 인간이라는 판단은 잘못된 것이었다. 다만 나는 교양 있는 인간이었을 뿐이었다. 교양 있는 이들을 대할 때면 나는 여유에 넘쳤다. 그런데 뻔뻔스러운 인간을 만나기가 무섭게 내 그런 능력은 한계에 이르렀던 것이다.

나는 도움이 될 만한 기억을 찾아내려 애썼다. 하지만 쓸모없는 기억들만을 숱하게 만났을 뿐이다. 정신의 방어 체계는 머리로는 납득이 불가능하다. 각자가 그 체계에 도움을 청하지만, 그 체계는 구체적인 도움 대신 아름다운 영상만을 불어넣어 줄 뿐이다. 그리고 결국 그 판단이 옳았다는 게 밝혀진다. 왜냐하면 그 아름다운 영상은 사태를 해결해 주지는 않지만 그 순간을 구원해 주기 때문이다. 그러므로 기억이란 사막의 넥타이 장수와도 같다. 〈물이요? 아니요, 물은 없습니다. 하지만 넥타이라면 온갖 종류를 다 갖고 있습니다.〉 이 경우가 바로 그렇지 않은가. 〈압제자에게서 벗어날 방도요? 전혀 떠오르는 게 없군요. 하지만 오래전에 당신을 그토록 매혹했던 그 가을 장미를 떠올려 보신다면……〉

쥘리에트가 열 살 때였다. 우리는 도시 아이들이었다. 열 살짜리 내 아내의 머리는 학교에서 가장 길었다. 그 빛깔과 그 광택은 모로코가죽을 연상시켰다. 당시 우리는 결혼한 지 이미 4년째였다. 우리 두 사람의 부모님 — 특히 트인 견해를 갖고 계셨던 내 부모님 — 을 비롯한 모든 이들이 우리가 결혼한 사이라는 것을 알고 있었다.

나의 부모님은 때때로 아내를 초대해 집에서 자고 가도록 하셨다. 그 역(逆)의 일은 한 번도 일어나지 않았다. 왜냐하면 그녀의 부모님은 그 일이 〈너무 이르다〉고 여기셨던 것이다. 그런 제약에 나는 어리둥절해지곤 했다. 두 분은 당신 딸이 우리 집에서 밤을 보내곤 한다는 것을 알고 계셨다. 따라서 우리 집에서는 괜찮지만 당신 집에서는 안 된다는 뜻이었다. 나는 그것이 이상하다고 느꼈지만 쥘리에트에게 상처를 줄까 봐 아무 말도 하지 않았다.

나의 부모님은 부자가 아니었다. 우리 집에는 욕실이 아닌 샤워실밖에 없었다. 그랬기 때문에 내게 욕조는 사치와 동의어였다. 샤워실은 따뜻하지 않았다. 그런데 도대체 왜 그 샤워실이 그렇게 내 마음에 들었는지 이상하게 느껴졌던 기억이 있다. 결혼 후 쥘리에트와 나는 함께 목욕을 했는데, 그럴 경우 내 마음이 산란해진다거나 하는 일은 한 번도 없었다. 아내의 벗은 몸은 비나 황혼처럼 자연 현상일 뿐이었으므로 내게 성욕을 불러일으키지 않았다.

겨울만은 예외였다. 저녁에 잠자리에 들기 전 우리는 함께 샤워를 하러 갔다. 싸늘한 샤워실에서 옷을 벗어야 했다. 그건 대단한 모험이었다. 옷을 하나씩 벗을 때마다 우리는 점점 더 몸속으로 스며드는 추위 때문에 비명을 지르곤 했다. 도마뱀처럼 옷을 모두 벗고 나면 너무나도 추운 나머지 우리는 고통스러운 비명을 멈출 수가 없었다.

우리는 샤워 커튼 안으로 들어섰다. 내가 수도꼭지를 틀었다. 물이 나오기 시작했다. 처음에는 북극처럼

차가운 물이 흘러나와서 우리는 또다시 비명을 질러야
했다. 어린아이였던 아내는 비닐 커튼을 몸에 둘렀다.
이윽고 갑작스럽게 수도꼭지에서 델 듯한 뜨거운 물줄
기가 쏟아져 나오기 시작했다. 우리는 몸이 마비되는
것을 느끼며 찢어질 듯 웃곤 했다.

　나는 사내대장부였으므로 물의 온도를 조절하는 것
은 내 일이었다. 그것은 미묘한 작업이었다. 왜냐하면
수도꼭지를 조금만 움직여도 펄펄 끓던 물줄기가 차가
운 물로 바뀌었고, 반대쪽으로 조금만 돌려도 다시 너
무 뜨거워지곤 했던 것이다. 적당한 온도를 맞추기 위
해서는 적어도 10분 동안 수도꼭지와 씨름해야 했다.
그동안 쥘리에트는 샤워 커튼을 비닐 외투처럼 두른
채 온도가 바뀔 때마다 놀라서 비명을 지르곤 했다.

　물의 온도가 적당해지면 나는 손을 내밀어 그녀를
샤워기의 물줄기 아래로 이끌었다. 커튼이 벗겨지고
탐스러운 갈색 머리카락에 덮인 열 살짜리의 날씬하고
하얀 몸매가 드러났다. 그녀의 우아한 모습에 나는 숨
을 죽이곤 했다.

　그녀는 물의 다발 밑에 몸을 바짝 붙이고 서서 흡족
한 신음을 내질렀다. 왜냐하면 내가 물의 온도를 절묘
하게 맞춰 놓았던 것이다. 나는 그녀의 긴 머리채를 물

에 적시며 풍성하던 머리카락이 금방 차분해지는 것에
놀랐다. 나는 새끼라도 꼴 것처럼 그녀의 머리채를 바
짝 쥐었다. 그러면 접힌 날개 같은 견갑골이 두드러진
그녀의 등이 하얗게 드러나곤 했다.

나는 비누 조각을 집어 그녀의 머리에 대고 거품이
날 때까지 문질렀다. 그런 다음 머리채 전체를 하나로
모아 그녀의 두상보다 큰 관 모양으로 만든 다음 머리
꼭대기에 고정시켰다. 이어 그녀의 몸에 비누칠을 했
다. 쥘리에트는 간지러워서 날카로운 비명을 내지르곤
했다.

그런 다음 우리는 여러 시간 동안 서로의 몸을 물로
씻어 냈다. 그 더운 물줄기 아래서 너무나도 기분이 좋
았으므로 우리는 밖으로 나가고 싶지 않았다. 하지만
결단을 내려야 했다. 내가 단호한 동작으로 수도꼭지
를 잠그면 아내는 커튼을 젖혔다. 차가운 공기가 우리
를 덮쳤다. 우리는 함께 비명을 지르면서 서둘러 수건
을 둘렀다.

쥘리에트가 새파랗게 질려 있었기 때문에 나는 그녀
의 몸을 문질러 주어야 했다. 그녀는 웃음을 터뜨렸고,
이를 딱딱 부딪치면서, 〈금방 죽을 것 같다〉고 엄살을
떨었다. 그녀는 하얀색 긴 원피스 잠옷을 재빨리 걸쳐

입고는 얼른 자기를 따라 침대로 와서는 몸을 덥혀 달라고 엄숙하게 지시하곤 했다.

나는 방으로 들어갔다. 깃털 이불 밖으로 보이는 것은 젖은 머리카락뿐이었다. 그것이야말로 그녀의 존재를 알리는 유일한 표시였다. 왜냐하면 그녀의 여윈 몸매는 깃털 이불 위로 아무 표시도 나지 않았던 것이다. 나는 그녀 옆으로 미끄러져 들어가서는 장난기로 가득 찬 그녀의 얼굴을 들여다보았다. 「춥단 말야!」 그녀가 말했다. 그러면 나는 그녀를 품에 안은 다음 목덜미에 더운 입김을 불어 주곤 했다.

이렇듯 관능적이라고 할 만한 내 어린 시절의 추억은 모두 겨울과 관련되어 있었다. 그런 추억은 때로는 고통을, 때로는 기쁨을 안겨 주었다. 열 살짜리 내 아내의 뇌쇄적인 매력을 발견하고 즐기기 위해서는 고통스러운 추위를 견뎌야 했던 것이다.

이제 나는 그것이야말로 내 유년, 다시 말해서 내 일생을 통틀어 가장 아름다운 추억이라는 사실을 깨닫는다.

이렇게 귀중한 내 기억을 되살리는 데 도대체 왜 고문자가 필요했단 말인가?

이제 쥘리에트의 머리는 백발이 되었고, 짧게 커트되

84

어 있었다. 그것 말고는 그녀는 옛날과 조금도 다름이 없었다. 그녀의 모습 어디에서도 노쇠의 흔적을 찾아볼 수 없었다. 오히려 긴 병에서 막 빠져나온 듯한 모습이었다. 그 병과 함께 그녀는 긴 머리 타래를 두고 온 것이다.

그녀의 머리는 이제 인공적으로까지 보이는 매혹적인 빛깔을 띠고 있었다. 낭만적인 발레용 스커트처럼 푸르스름한 기운이 감도는 하얀색이었다.

그리고 그 부드러움이라니! 그 부드러움은 이 세상 것이 아닌 듯했다. 아기의 솜털조차도 그것에 비하면 거칠게 느껴지리라. 천사의 머리카락이라고 해야 마땅했다.

천사에게는 아이가 없다. 쥘리에트 역시 그러했다. 그녀가 바로 그녀 자신의 아이이자 내 아이였다.

사람들은 세월이 느리게 간다는 생각은 하지 않는다. 온 세상 사람들이 세월이 빨리 간다고 떠들어 댄다. 그것은 거짓말이다.

그해 1월만큼 그 말이 틀렸던 적도 없었다. 더 정확히 말하자면, 하루에는 각 시간대별로 독특한 리듬이 있었다. 저녁나절은 길고 안온했고, 아침나절은 짧고

희망에 넘쳤다. 오후의 초반에는 드러나지 않았지만 고통이 시시각각 심해져서 현기증이 날 정도였다. 그리고 4시가 되면 시간은 진창 속에 처박히는 것이었다.

사태는 고약했다. 베르나르댕 씨에게 바쳐진 그 시간대는 우리의 일과 중에서 가장 중요한 것이 되고 말았다. 우리는 차마 그 사실을 입 밖에 내어 말하지 못했지만, 그 점에서 서로 같은 생각을 하고 있음을 확신하고 있었다.

나는 용기를 내기로 했다. 왜냐하면 우리 손님이 고집스럽게 침묵을 지키고 있는데, 내가 그에게 끊임없이 지루한 말을 쏟아 놓는다는 것은 불합리한 일이 아니겠는가? 내가 끊임없이 말을 해야 했던 것은 나 자신이 지루해지지 않기 위해서였고, 그 말이 지루했던 것은 그를 지루하게 만들어야 했기 때문이었다.

그런 와중에서 내가 마침내 즐거움을 맛보았다는 것을 고백해야겠다. 사람들 앞에서, 이른바 사회(社會)라는 것을 마주하고 한 번도 많은 말을 한 적이 없었던 내가 이제 그런 일을 해야 할 처지에 놓여 있었다 ─ 그 의사를 하나의 사회라고 가정할 수 있다면 말이다. 선생으로서의 내 경험이 도움이 되었지만 그 일은 가르치는 일과는 근본적인 차이가 있었다. 교단에서 나는 학생들의 주의를 끌기 위해 애썼다. 하지만 우리 집 거실에서는 그 반대였다. 나는 가능한 한 따분한 이야기를 하기 위해 애썼다.

그러던 중 나는 뜻밖의 사실을 발견했다. 상대를 재미있게 만드는 것보다 지루하게 만드는 것이 훨씬 재미있다는 사실을. 수업 시간이면 나는 키케로를 생생하게 전달하기 위해 무진 애를 썼지만, 학생들은 하품을 참는 기색이 역력했다. 반대로 우리의 고문자에게 뒤범벅된 지식을 쏟아 놓으면서 나는 솟구치는 즐거움을 가눌 길이 없었다. 마침내 나는 거의 대부분의 강연자들이 왜 그토록 견딜 수 없는 존재들인지 이해할 수 있었다.

그런 난처한 일이 처음이었는지라 이따금 할 말을 찾지 못할 때가 있었다. 나는 최선을 다해 그런 공백을 메우곤 했다. 어느 날 한 시간에 걸쳐 헤시오도스에 대한 이야기를 늘어놓다가 나는 그만 할 말을 잃고 말았다. 그때를 틈타 악마가 나를 부추겨 다음과 같은 경솔한 질문을 하게 만들었다.

「그런데 부인은요?」

이웃집 남자는 대답을 하기 전에 한동안 뜸을 들였다. 나는 처음으로 그를 이해할 수 있었다. 5초 전까지만 해도 헤시오도스에 대한 이야기를 듣다가 갑자기 자기 아내에 대한 질문을 받다니 아무리 그라도 어안이 벙벙할 터였다.

아닌 게 아니라 그는 내 질문에 대답하지 않았다. 그저 분개한 태도로 나를 쏘아보았을 뿐이었다. 하지만 나는 그런 것에 더 이상 기분이 나빠지지 않았다. 왜냐하면 나는 총체적인 진실을 알고 있었던 것이다. 팔라메드 베르나르댕은 언제나 불만스러운 표정을 짓고 있다는.

나는 집요하게 물었다.

「그렇습니다. 매일 선생의 방문을 받는 것은 저희에겐 기쁜 일입니다. 부인께서 같이 오신다면 더욱 기쁠 겁니다.」

사실 나는 그의 부인이 함께 온다고 해도 상황이 더 나빠지지는 않으리라고 여겼다. 우리 손님이 내 제안을 달가워하는 눈치가 아니었으므로 더욱 그것이 근사하게 느껴졌다.

「선생께서는 무척 사려 깊은 분이십니다, 팔라메드 씨. 내일 오후 부인과 함께 오셔서 차나 커피를 드시면 어떻겠습니까?」

대답이 없었다.

「친구가 생기게 되면 제 아내가 기뻐할 겁니다. 부인의 성함은 어떻게 되십니까?」

15초 동안의 심사숙고.

「베르나데트요.」

「베르나데트 베르나르댕이란 말씀이십니까?」

나는 내 무례에 도취된 채 바보처럼 웃음을 터뜨렸다.

「팔라메드 베르나르댕과 베르나데트 베르나르댕이라. 특이하기 짝이 없는 이름과 발음이 비슷하고 흔한 이름이 만났군요. 정말 천생연분입니다.」

그 순간 뜻밖의 일이 일어났다. 이웃집 남자가 먼저 말을 꺼냈던 것이다.

「내 아내는 오지 않을 거요.」

「오, 죄송합니다, 제 말에 기분이 상하셨나 보군요! 용서하십시오. 두 분의 이름은 매력적입니다.」

「그런 얘기가 아니오.」

그는 드물게 말을 많이 했다.

「병이 나셨나요?」

「아니오.」

나의 무례를 의식하고 기분이 좋아진 나는 내처 물었다.

「두 분 사이는 좋으십니까?」

「그렇소.」

「그렇다면 복잡하게 생각하지 마십시오, 팔라메드 씨! 자, 결정된 겁니다. 부인을 소개해 달라고 떼를 썼으니까 내일은 차가 아니라 저녁 식사에 초대하겠습니다. 8시에 말입니다. 저녁 식사 초대를 거절하는 게 커다란 결례라는 건 알고 계시겠죠.」

쥘리에트가 부엌에서 나와 겁에 질린 얼굴로 나를 응시했다. 나는 눈짓으로 그녀를 안심시킨 다음 주저 없이 말을 이었다.

「다만 부탁드릴 것은 말입니다, 친애하는 팔라메드 씨, 멋진 식사를 준비하느라 눈코 뜰 새가 없을 테니까 내일 오후에는 저희 집에 오지 마십시오. 내일만큼은 저녁에 저희 집을 방문해 주십시오.」

쥘리에트는 터져 나오는 웃음을 감추기 위해 얼른 다시 부엌으로 들어갔다.

베르나르댕 씨는 깜짝 놀란 것 같았다. 기적 같은 일이 일어난 것은 틀림없이 그런 이유에서였다! 그는 6시 5분 전에 돌아갔던 것이다. 나는 뛸 듯이 기뻤다.

아내와 나는 우리의 엉뚱한 초대와 그의 낙담하는 모습을 떠올리며 웃고 또 웃었다.

「그러니까, 에밀, 매일 저녁 그들을 초대해야겠어. 그러면 오후를 자유롭게 보낼 수 있잖아.」

「좋은 생각이야. 하지만 그 전에 베르나데트 베르나
르댕이 얼마나 매력적인지부터 확인해 보자. 굉장할 것
같은데.」

「자기 남편보다 못생길 순 없을 거야.」

우리는 정말이지 그녀를 빨리 보고 싶어서 조바심이
났다.

쥘리에트는 새벽 5시에 잠에서 깼다. 내가 걱정했던
대로 새로운 상황이 그녀를 흥분시켰던 것이다.

여섯 살짜리 같은 천진한 미소를 띠며 그녀가 내게
물었다.

「형편없는 식사를 준비해야 될까?」

「아니야. 우리도 같이 먹어야 한다는 걸 잊지 마.」

「정말이야?」

「다른 방법이 있어? 어쨌든 같이 식사하지 않는 건
좋은 태도가 아냐. 그보다는 지나치게 고급 요리를 차
려 내서 그들을 안절부절못하게 하는 편이 나을 거야.
옷도 아주 우아하게 입자. 기가 질릴 정도로 멋진 요리
를 대접하는 거야.」

「하지만…… 우리한텐 그런 옷도 없고 그런 요리를

만들 재료도 없는걸.」

「말하자면 그렇다는 거지. 이 만찬의 목적은 우리가 그들을 극진히 대접했다는 걸 알리는 데 있어. 그러니 그렇게 하자고.」

우리는 그렇게 했다. 거실을 청소하고 반질반질하게 닦았다. 우리는 요리하는 데 오후를 보냈다. 저녁이 되자 우리는 있는 옷 중에서 가장 멋진 옷을 골라 입었다.

쥘리에트는 날씬한 몸매를 돋보이게 하는, 몸에 꼭 끼는 검은 벨벳 드레스를 입었다.

시간 엄수는 왕후의 예의일 터. 하지만 유일하게 갖추고 있는 예의가 시간 엄수일 뿐인 왕을 어찌하겠는가? 이웃집 남자가 바로 그랬다. 그는 언제나 분 단위까지 맞춘 정확한 시각에 문을 두드리곤 했다.

8시가 되자 노크 소리가 들려왔다.

베르나르댕 씨는 갑자기 호리호리해 보이고 말이 많아진 것 같았다. 그가 실제로 살이 빠지고, 이야기하는 법을 배운 것일까? 결코 그렇지 않았다.

다만 그렇게 느껴진 것은 그가 자기 아내와 함께 있었기 때문이었다.

아주 오래전 우리는 펠리니의 「사티리콘」을 보러 간

적이 있었다. 그때 줄리에트는 우리가 보는 영화가 「살아 있는 시체들의 밤」이라도 되는 것처럼 내 손을 줄곧 붙잡고 있었다. 동굴 속에서 헤르마프로디토스[12]를 발견하는 장면에서 그녀는 어찌나 겁에 질렸던지 중간에 자리를 뜨리라고 생각했었다.

베르나르댕 부인이 들어왔을 때, 우리는 일순 숨을 죽였다. 그녀의 모습은 펠리니 영화에 나오는 그 괴물만큼이나 끔찍했다. 그녀의 모습과 그 괴물의 모습이 비슷해서가 아니라, 그 괴물처럼 그녀도 인간으로서는 최악의 형상을 하고 있어서였다.

이웃집 남자는 집 안으로 한 걸음 들어선 다음 밖으로 팔을 뻗었다. 거대하고 굼뜬 물체 같은 것이 집 안으로 이끌려 들어왔다. 그것은 옷을 입은 살덩어리, 아니 천으로 둘둘 말아 놓은 살덩어리였다.

다른 가능성이란 존재하지 않았다. 그 밖에는 의사와 함께 온 사람이 없었다. 따라서 그 혹 덩이가 바로 베르나데트 베르나르댕이었던 것이다.

아니, 그렇지 않았다. 혹이라는 단어는 적당치 않았

---

12 Hermaphroditos. 자웅 동체의 괴물. 헤르메스와 아프로디테의 자식으로, 태어났을 때는 남성만을 가지고 있었는데 어느 날 님프 살마키스와의 포옹 장면에 감동한 신들이 둘을 하나로 붙여 놓았다.

나. 그런 종류의 발진으로 치부하기에 그 여자의 살갗은 너무나도 매끄럽고 하였다.

그렇다, 그것은 낭종(囊腫)이라고 해야 할 터였다. 이브는 아담의 늑골에서 나왔다. 베르나르댕 부인은 우리 고문자의 뱃속에서 낭종처럼 튀어나온 것 같았다. 때때로 몸 안에 낭종을 지니고 있는 사람이 수술로 그것을 떼어 내는 경우가 있는데, 경우에 따라서 그 낭종이 몸무게의 두 배, 세 배까지 나가기도 한다. 팔라메드는 자신의 몸에서 떼어 낸 살덩이와 결혼한 셈이었다.

물론 이런 설명은 고심 끝에 내가 만들어 낸 것일 뿐이다. 하지만 모든 가능성을 다 생각해 본다 하더라도, 그 부풀어 오른 살덩이가 한때 여자였을 수도 있었으리라는, 그래서 프러포즈를 받을 수도 있었으리라는 〈합리적인〉 해석은 그 여자의 형상보다 더 비현실적이었다. 그랬다. 제정신으로는 그런 개연성을 받아들일 수 없었다.

하지만 생각만 하고 있을 때가 아니었다. 그 부부를 우리 거처로 맞아들여야 했다. 쥘리에트는 영웅적으로 처신했다. 그녀는 그 살덩어리 앞으로 다가가 악수를 청하며 말했다.

「친애하는 부인, 이렇게 뵙게 되어 정말 기쁩니다.」

놀랍게도 그 살덩어리로부터 두툼한 문어발 같은 것이 나오더니 아내의 손가락을 건드렸다. 나는 차마 아내처럼 악수를 청할 수가 없었다. 나는 두 개의 무거운 살덩이를 거실로 안내했다.

부인은 긴 등받이 의자에 앉았다. 남편은 늘 앉던 안락의자에 앉았다. 그들은 더 이상 움직이지 않은 채 입을 다물고 있었다.

우리는 당황했다. 두 사람을 이렇게 들이닥치게 만든 나는 더욱 그러했다. 이런 비곗덩어리를 우리 집에 들이다니. 이웃집 남자를 거북하게 만들기 위해 이런 짓을 자청해서 저지르다니!

베르나데트에게는 코가 없었다. 콧구멍이 있어야 할 곳에 눈에 잘 띄지 않는 구멍 같은 것이 있을 뿐이었다. 좀 더 위쪽에 있는 갈라진 틈새 안에 안구가 있는 것 같았다. 아마도 그것이 눈인 것 같았지만 그 눈으로 사물을 볼 수 있는지는 확실치 않았다. 가장 강하게 내 호기심을 끌었던 것은 그녀의 입이었다. 그것은 문어의 입과 비슷한 모양을 하고 있었다. 그 구멍으로 소리를 낼 수 있을지 의문스러웠다.

나는 스스로도 놀랄 정도로 자연스러운 어조에다 예의 바른 태도로 그녀에게 물었다.

「친애하는 부인, 뭘 드시겠습니까? 키르[13] 한잔하시겠습니까? 셰리주를 조금 드릴까요? 포르토는 어떻습니까?」

무시무시한 일이 일어났다. 그 살덩어리가 자기 남편 쪽으로 고개를 돌리더니 짓눌린 듯한 꾸르륵 소리를 냈던 것이다. 팔라메드는 그 꾸르륵 소리를 알아들은 모양이었다. 그가 아내의 말을 통역했다.

「술은 안 마신다오.」

당황한 내가 다시 한번 권했다.

「과일 주스는 어떨까요? 오렌지나 사과나 토마토 주스는요?」

다시 꾸르륵 소리가 들려왔다. 통역자가 그 말을 옮겼다.

「우유 한 잔 주시오. 따뜻하게 데워서 설탕은 넣지 말고.」

10초 정도 거북하게 입을 다물었다가 그가 덧붙였다.

「내게는 키르 한 잔 주시오.」

쥘리에트와 나는 그 기회를 이용해 주방으로 피신할 수 있게 된 것이 너무나도 다행스러웠다. 우유가 데워지는 동안 우리는 차마 서로의 눈길을 마주 볼 수가 없었

13 백포도주에 음료수를 타서 마시는 식전주.

다. 딱딱한 분위기를 풀기 위해 내가 나직하게 말했다.

「이걸 우유병에 넣어야 할까?」

백발의 소녀가 쿡쿡거리며 웃었다.

내가 우유 잔을 내미는 순간 두툼한 문어발이 내 손을 스쳤다. 혐오스러운 전율이 내 척추를 훑고 지나갔다.

하지만 그것은 그 우유 잔이 그녀의 입에 끼워지는 순간 내 턱이 경련을 일으켰던 불쾌감에 비하면 아무것도 아니었다. 입인 듯한 구멍이 닫히더니 우유가 넘어가기 시작했다. 빨려 들어가는 것은 한 번이었지만 넘어가는 것은 여러 차례에 걸쳐서였다. 우유가 목구멍으로 넘어갈 때마다 고무 흡반으로 막힌 개수대를 뚫을 때 나는 소리가 들려왔다.

나는 겁에 질렸다. 서둘러 무슨 말이든 해야 했다.

「두 분이 결혼하신 지는 얼마나 되었습니까?」

무의식적으로 나온 질문은 언제나 경솔했다.

15초간 뜸을 들인 다음 남편이 대답했다.

「45년 됐소.」

저런 살덩어리와 45년을 살다니. 그의 정신 상태가 그럴 수밖에 없음을 나는 좀 더 잘 이해할 수 있었다.

「우리보다 2년 더 됐군요.」 나는 그렇게 긴 결혼 생활을 해온 것에 감탄했다.

나는 내 말이 가식적으로 들린다는 것을 알 수 있었다. 그래서 더더욱 내 말을 제어할 수가 없었다. 결국 이런 끔찍한 질문을 하고 말았다.

「두 분 사이에 아이는 없습니까?」

다음 순간 나는 나 자신을 저주했다. 저런 괴물과의 사이에서 아이를 두다니? 하지만 베르나르댕 씨의 반응은 나를 아연실색하게 했다. 그는 분노로 얼굴이 시뻘게진 채 퉁명스럽기 그지없는 어조로 외쳤다.

「그건 이미 물어봤잖소! 첫날 말이오!」

그는 분노로 숨을 헐떡이고 있었다. 그가 그토록 화가 난 것은, 내가 경솔하게도 그런 잔인한 질문을 했기 때문이 아니라 같은 질문에 대해 두 번 대답하고 싶지 않았기 때문이었다. 그런 폭발적인 분노를 보고 나는 우리 고문자가 놀라운 기억력의 소유자라는 사실을 깨달았다. 그 능력은 제삼자의 기억에서 잘못된 점을 발견하면 분개하는 데에만 쓸모가 있었다.

나는 얼른 미안하다고 말했다. 말이 끊겼다. 나는 더이상 입을 열 수가 없었다. 나는 베르나르댕 부인에게서 눈길을 뗄 수가 없었다. 오래전부터 나는 비정상적인 것은 드러내 놓고 바라보지 말아야 한다는 교육을 받아 왔다. 하지만 그녀에게 눈길이 가는 것을 어쩔 수가 없었다.

70세 정도 되었을 그 살덩이는 나이보다 젊어 보였다. 그녀의 피부, 그러니까 그 비곗덩어리를 감싸고 있는 막은 매끄럽고 주름 하나 없었다. 두상 위에는 아름답고 건강한, 백발 하나 섞이지 않은 검은 머리카락이 얹혀 있었다.

내 마음속에서 악마적인 목소리가 속삭였다. 〈그래, 베르나데트는 젊은 처녀처럼 싱싱하군.〉 나는 터져 나오려는 웃음을 억제하기 위해 이를 악물었다. 그 순간 그녀의 머리카락이 몇 가닥으로 땋아져 하늘색 리본으로 묶여 있는 것이 눈에 띄었다. 말할 것도 없이 팔라메드가 해놓은 것이었다. 그 어이없는 치장을 보자 나는 더 이상 참을 수가 없었다. 딱하게도 나는 아픈 사람처럼 딸꾹질을 하기 시작했다.

가까스로 딸꾹질을 멈췄을 때 나는 베르나르댕 씨가 심술궂은 시선으로 나를 쏘아보고 있다는 것을 알 수 있었다.

고맙게도 쥘리에트가 나를 구해 주었다.

「에밀, 저녁 식사를 차려 줄래? 고마워, 당신은 정말 친절하다니까.」

주방으로 들어가는 내 귀에 긴 독백을 시작하는 아

내의 목소리가 들려왔다.

「제 남편이 얼마나 너그러운지 보셨지요? 남편은 저를 공주처럼 대해 준답니다. 제가 여섯 살 때부터 그랬답니다. 그래요, 우리는 둘 다 여섯 살 때 처음 만났지요. 첫눈에 사랑에 빠졌어요. 우리는 한 번도 떨어져본 적이 없답니다. 59년간 함께 살아오면서 우리는 언제나 서로 사랑했지요. 에밀은 탁월한 교양과 지성을 가진 남자예요. 그와 함께 있으면 지루한 줄을 모르지요. 그렇고말고요! 우리에겐 아름다운 추억뿐입니다. 젊었을 때 제 머리는 밝은 밤색으로 아주 길었지요. 그걸 저이가 손질해 주곤 했답니다. 머리를 감기고 빗겨주었지요. 그리스어와 라틴어를 가르치는 선생치고 저이처럼 머리 손질을 잘하는 사람은 다시없을 거예요. 결혼식 날 그는 제게 너무나도 멋진 트레머리를 해주었어요. 자, 이 사진을 보세요. 우리가 스물세 살 때랍니다. 에밀은 정말 잘생긴 청년이었죠! 지금도 멋지지만 말이에요. 제가 결혼식 때 입었던 옷을 아직도 갖고 있다는 걸 아세요? 아직도 제 몸에 맞는답니다. 오늘 저녁 그걸 입을까 하고 생각했다가, 두 분께서 이상하게 여기실까 봐 그만두었답니다. 부인, 저도 아이가 없답니다. 저는 그게 서운하지 않아요. 요즘 세상은 젊은 이들이 살아가기에 너무 힘이 드니까요. 우리가 젊었을 때에는 그렇게 어렵지 않았죠. 우리는 한 달 차이로 세상에 태어났어요. 저이는 1929년 12월 5일생이고, 저는 1930년 1월 5일생이랍니다. 전쟁이 끝났을 때 우리는 열다섯 살이었답니다. 더 일찍 태어나지 않은 게 얼마나 행운인지요! 그랬더라면 에밀은 전투에 참가해 전사했을지도 모르죠. 저이 없이는 저도 살 수 없었을 거예요. 이해하실 수 있죠? 두 분 역시 그렇게 오랜 시간을 함께 살아오셨으니 말이에요.」

나는 살짝 고개를 내밀어 그 광경을 살펴보았다. 쥘리에트가 혼자 열띤 어조로 떠들어 대고 있는 동안 고문자는 허공을 응시하고 있었다. 이웃집 여자를 바라보았지만 그녀가 무엇을 하고 있는지 알아내기란 불가능했다.

식탁에 앉아야 할 때가 되었다. 베르나르댕 부인을 자리에 앉히는 것은 무척 어려운 일이었다. 그 살덩어리의 3분의 2가 의자 양쪽으로 삐져나왔다. 그러니 조만간 한쪽으로 넘어갈 것이 아닌가? 그런 사고를 피하기 위해 우리는 그녀가 앉은 의자를 가능한 한 식탁에 바짝 붙여 놓았다. 그래서 그녀의 살덩어리는 식탁과 의자 사이에 꼭 끼워져 있었다. 하지만 그녀의 접시 주

위에 늘어져 있는, 자동차 타이어를 연상시키는 비곗덩
어리는 바라보지 않는 편이 나았다.

벌써 1년 전 일이었으니 그 식사가 어떤 것이었는지
자세히 기억나지 않는다. 다만 우리가 최선을 다해 신
경을 써서 최고로 세련된 요리를 마련했다는 것이 기억
날 뿐이다. 돼지 목에 진주가 아니었느냐고? 그 이상이
었다. 돼지들은 무엇이든 닥치는 대로 먹는다. 하지만
그러면서도 즐거워하지 않는가.

이웃집 남자는 역겹고 게걸스럽게 먹었다. 그는 음
식이 형편없다는 듯 한꺼번에 많은 양을 입안으로 쑤
셔 넣었다. 어떤 요리에 대해서도 평을 하지 않았다. 식
사를 하는 동안 그는 한마디밖에는 하지 않았다. 그로
서는 놀라울 정도로 긴 한마디였다.

「당신들은 이렇게 많이 먹으면서도 살이 찌지 않는군!」

분노가 잔뜩 담긴 그 말이 우리를 후려쳤다. 나는 하
마터면, 당신들이 다 먹어 치운 마당에 우리가 많이 먹
을 것이 어디 있느냐고 쏘아붙일 뻔했다. 나는 지혜롭
게 그 말을 참았다.

베르나르댕 부인의 동작은 너무나도 굼떴다. 나는
그녀가 고기를 자르는 것을 도와주어야 하는 것이 아
닐까 생각했지만, 그녀는 혼자서 그 일을 해내고 있었

다. 실제로 나이프 구실을 하는 것은 그녀의 입이었다.
그녀가 커다란 음식 조각을 그 구멍까지 들어 올리면,
그 문어 입 같은 것이 일정량을 떼어 냈다. 그러면 문어
발 같은 것이 남은 조각을 접시 위에 다시 내려놓았다.
거기에는 이빨 자국이 선명히 나 있었다.

　이런 움직임은 그런대로 우아했다. 구토감을 일으키
는 것은 그다음 그녀의 입에서 일어나는 일이었다. 그
얘기를 어떻게 하겠는가.

　하지만 적어도 그 이웃집 여자에게는 다행스러운 점
이 있었다. 그녀가 먹는 것을 즐거워하고 있는 것 같다
는 사실이었다. 하지만 그녀 남편의 얼굴에는, 이렇게
형편없는 요리는 처음이라는 듯한 표정이 떠올라 있었
다. 자신이 음식을 남기지 않는 이유는 다만 누군가는
먹어 치워야 하기 때문이라는 듯이.

　쥘리에트도 나와 똑같은 생각을 하고 있었던 모양이
었다. 왜냐하면 그녀가 이렇게 물었던 것이다.

「선생님께서는 보통 어떤 음식을 드시나요?」

15초의 뜸을 들인 후 그가 입을 열었다.

「수프요.」

　그 말에 온갖 이야기가 나올 수 있었지만, 우리는 더
이상의 이야기를 들을 수 없었다. 캐물어도 소용없었

다. 「어떤 수프 말인가요? 맑은 수프, 건더기가 없는 수
프, 생선 수프, 완두콩 수프, 빵 조각을 넣은 수프, 고기
수프, 마카로니 수프, 야채 수프, 크림을 곁들인 수프,
치즈를 갈아 넣은 수프, 파 수프……?」 돌아오는 대답
은 오직 하나뿐이었다.

「수프요.」

하지만 그것을 만드는 사람은 그임이 분명했다. 그
것은 뜻밖의 소득이었다.

후식 시간은 그야말로 재난이었다. 그 요리만큼은
지금까지 기억하고 있는데 거기에는 이유가 있었다.
후식은 초콜릿 시럽을 얹은 슈크림이었다. 낭종 덩어
리는 초콜릿을 보고 냄새를 맡자 흥분했다. 그녀는 우
리에게 슈크림만 주고 자신은 초콜릿 시럽을 독차지하
고 싶어 했다. 쥘리에트와 나는 그런 암시적인 제안을
용납할 자세가 되어 있었다. 무엇보다도 우리는 시끄
러운 일을 피하고 싶었다. 그 일을 가로막고 나선 것은
베르나르댕 씨였다.

우리는 또 다른 형태의 부부 싸움을 목격했다. 의사
가 자리에서 일어서더니 권위 있는 태도로 자기 아내의
접시에 일정량의 슈크림을 덜어 놓고, 그 위에 적당량
의 초콜릿 시럽을 끼얹은 다음 나머지를 부인의 손이

닿지 않는 곳에 치워 버렸다. 그토록 원하던 것이 사정거리를 벗어나자마자 그의 아내는 인간의 소리라고 믿기 어려운 신음을 내지르기 시작했다. 두 개의 문어발 같은 것이 성배(聖杯)라도 찾는 것처럼 초콜릿 시럽을 향해 힘껏 뻗어 나왔다. 의사는 초콜릿 시럽이 담긴 그릇을 끌어당기며 엄한 목소리로 말했다.

「안 돼, 더 먹으면 안 돼. 안 된다고.」

베르나데트는 울부짖었다.

내 아내가 나직한 어조로 말했다.

「선생님, 그걸 부인께 주시지요. 초콜릿 시럽은 다시 만들 수 있어요. 쉬운 일인걸요.」

이 발언은 무시되었다. 베르나르댕 부부의 언성이 높아졌다. 그가 소리쳤다. 「안 된다니까!」 그러자 여자는 특정한 단어 같은 것을 외치기 시작했다. 이윽고 우리는 그 소리를 알아들을 수 있었다.

「수프! 수프!」

그러니까 그녀는 그것이 자신이 매일 먹는 음식의 한 종류라고 생각한 모양이었다. 나는 어리석게도 이렇게 말했다.

「아닙니다, 부인. 그건 수프가 아니라 시럽입니다. 시럽은 수프처럼 많이 먹는 게 아닙니다.」

낭종 덩어리는 별 우스운 사람이 별 우스운 말을 다 한다는 듯이 더더욱 크게 소리를 지르기 시작했다.

쥘리에트와 나는 그 자리를 피하고 싶었다. 싸움은 점점 심해져 가라앉을 기미가 보이지 않았다. 그러자 팔라메드는 솔로몬도 생각해 내지 못했을 법한 해결책을 찾아냈다. 그는 시럽 그릇에서 숟가락을 집어 들어 거기 묻은 초콜릿을 핥은 다음 그릇 안에 든 것을 단숨에 마셔 버렸던 것이다. 그는 초콜릿 맛이 끔찍하다는 표정을 지으며 그릇을 내려놓았다.

낭종 덩어리가 찢어지는 소리로 마지막 비명을 질렀다.

「수프!」

이윽고 사태가 가라앉았다. 하지만 분위기는 숨이 막힐 듯했고 당혹감에 가득 차 있었다. 그녀는 자기 접시에 손도 대지 않았다.

아내와 나는 분개했다. 저런 나쁜 자식! 불쌍한 불구 아내에게 예절을 가르친다는 구실하에 좋아하지도 않는 소스를 마셔 버리다니! 도대체 어째서 그는 자기 아내에게 기쁨을 허락하지 않는 것일까? 나는 자리에서 일어나 그 가엾은 포유동물을 위해 냄비 하나 가득 초콜릿 시럽을 만들어다 주고 싶었다. 하지만 고문자가 어떤 반응을 보일지 두려웠다.

그 순간부터 우리는 베르나데트에게 애정에 찬 연민의 감정을 느끼게 되었다.

저녁 식사가 끝난 다음 우리가 손님인 그 살덩어리를 등받이가 있는 긴 의자에 앉히는 동안 의사는 자기 안락의자에 주저앉았다. 쥘리에트가 커피를 드시겠느냐고 물었다. 남편은 좋다고 대답했고, 부인은 여전히 토라진 채 아무 대답도 하지 않았다.

아내는 더 이상 권하지 않고 주방으로 갔다. 10분 후 그녀는 세 잔의 커피와 초콜릿 시럽이 담긴 커다란 잔 하나를 들고 돌아왔다.

「수프예요.」 아내는 부드러운 미소를 띠며 살덩어리에게 잔을 내밀었다.

팔라메드는 그 어느 때보다도 기분 나쁜 표정을 지었지만 아무 말도 하지 않았다. 나는 박수라도 치고 싶었다. 언제나처럼 쥘리에트가 나보다 용감했던 것이다.

살덩어리는 쾌락에 겨운 신음을 내면서 초콜릿 시럽을 마시기 시작했다. 그 장면은 보기 역겨웠지만 우리는 뛸 듯이 기뻤다. 그의 남편이 다시 화가 났다는 사실에 우리는 더욱 기분이 좋았다.

나는 철학 용어의 정립 과정에 있어서 파르메니데스가 세운 공적에 대해 긴 혼잣말을 시작했다. 내가 아무리 상대를 놀리고 갈구고 황당하게 하고 지루하게 해도 소용이 없었다. 그들은 흥분하는 기미조차 보이지 않았다.

이윽고 나는 그들이 내 요설을 즐기고 있다는 생각이 들기 시작했다. 내 수다가 재미있어서가 아니라 자장가처럼 그들을 재워 주기 때문이었다. 베르나르댕 부인의 몸은 하나의 거대한 소화 기관이었다. 내 입에서 나오는 단조로운 소리가 그녀의 속을 편안하게 해 주는 모양이었다. 이웃집 여자는 감미로운 저녁 한때를 보내고 있었다.

11시 정각이 되자 의사는 그녀를 의자에서 일으켜 세웠다. 우리가 독일인이 아니듯, 〈고맙다〉는 말은 베르나르댕이 쓰는 말이 아니었다. 그들이 가주는 것에 대해 고마움을 표해야 할 사람은 오히려 우리였다.

그들은 세 시간 동안 머물렀을 뿐이었다. 일반적인 초대객의 입장에서 보자면 자칫 결례가 될 수도 있었다. 하지만 베르나르댕 부부와 함께 보낸 그 세 시간은 여섯 시간처럼 느껴졌다. 우리는 녹초가 되어 있었다.

팔라메드는 무겁기 짝이 없는 아내의 몸을 끌고 어둠 속으로 멀어져 갔다. 마치 뚱뚱한 뱃사람이 커다란 거룻배를 끌고 가는 것처럼.

다음 날 아침 우리는 큰 잘못이라도 저지른 듯한 고약한 느낌에 젖어 잠에서 깼다. 어떤 잘못을 저지른 것일까? 그것은 알 수 없었지만 그 결과를 우리가 감당해야 한다는 것만은 분명했다.

우리는 그 이야기를 차마 꺼낼 수가 없었다. 전날의 설거지를 해야 했던 것이 차라리 다행이었다. 가엾은 병사들에게는 지루한 노역이 필요한 법이 아니던가. 그런 일은 그들의 마음을 가라앉혀 주니까.

오후가 될 때까지도 우리는 여전히 한마디도 나누지 않고 있었다. 창밖을 바라보면서 쥘리에트가 아무렇지도 않은 어조로 첫마디를 꺼냈다.

「당신은 그 여자가 결혼할 당시에도 이미 그런 상태였을 거라고 생각해?」

「나도 그게 궁금해. 그 여자를 보면 언젠가 정상적인 때가 있었으리라는 게 믿기질 않아. 하지만 그렇다고 해서 그 여자가 원래…… 그런 상태였다면, 그는 어째서 그녀와 결혼했을까?」

「그는 의사잖아.」

「의사이기 때문에 그런 상태의 여자와 결혼한다는 건 좀 지나친 직업의식인걸.」

「하지만 있을 수 있는 일 아닐까?」

「그런 추리는 가능성이 거의 없다는 걸 인정해야 해.」

「그렇다면 베르나르댕 씨는 성인(聖人)이네.」

「우스운 성인도 다 있지! 초콜릿 시럽 사건을 생각해 봐.」

「수프 말이야. 맞아. 하지만 45년 동안 그런 여자와 같이 살다 보면 사람이 변할 수도 있잖아.」

「그가 그렇게 상스럽게 된 건 분명 그래서일 거야. 45년 동안 입을 다물고 살다 보면……..」

「하지만 그 여자는 말을 하잖아.」

「물론 그녀는 자신의 의사를 표현할 줄 알지. 하지만 당신이 보았다시피 그 어떤 대화도 불가능해. 모든 게 설명되는군. 베르나르댕 씨가 이런 외진 곳에 정착한 것은 자기 아내를 사람 눈에 띄게 하지 않기 위해서야. 그가 그렇게 거친 인간이 된 것은 그 여자와 함께 살아야 했기 때문이지. 다른 인간관계 없이 그 여자하고만 말야. 그리고 그가 매일 우리 집에 와서 두 시간을 머무는 것은 그의 내면에 남아 있는 인간적인 면이 다른 사람들과의 관계를 필요로 하기 때문이야. 우리는 절망에 빠진 그에게 있어서 마지막 지푸라기 같은 존재야. 우리가 없다면 그는 자기 아내처럼 애벌레 같은 상태로 빠져들고 말 거야.」

「이 집에 살던 사람들이 왜 이사를 갔는지 이제 알겠어.」

「그 문제에 대해서는 명쾌한 대답을 듣지 못했던 게 사실이야.」

「뭐니 뭐니 해도 아무것도 알고 싶어 하지 않았던 건 바로 우리들이었어. 우리는 이 집을 보는 순간 사랑에 빠졌잖아. 지하실에 쥐가 있다는 말을 들었어도, 우리는 귀를 막았을 거야.」

「차라리 쥐가 낫겠어.」

「내 생각도 그래. 쥐 잡는 덫은 있어도 이웃 잡는 덫은 없잖아.」

「또 쥐한테는 말을 시킬 필요가 없잖아. 그게 제일 괴로워. 대화를 해야 한다는 게 말야.」

「이 경우에는 혼잣말을 계속해야 하잖아!」

「맞아. 이런 종류의 피해에 맞서 자신을 보호할 수 있는 합법적인 방법이 전혀 없다고 생각하니 끔찍하군. 법적인 관점에서 보면, 베르나르댕 씨는 이상적인 이웃이지. 그는 말이 없거든. 믿기지 않을 정도로 말수가 적지. 그는 법에 저촉되는 일은 전혀 하지 않아.」

「하지만 그는 우리 집 문을 부술 뻔했는걸.」

「그때 그가 현관문을 부쉈더라면 얼마나 좋았을까!

경찰서에 신고할 수 있는 훌륭한 근거가 됐을 텐데. 하지만 우리에겐 신고할 만한 게 없어. 우리가 경찰서에 가서 팔라메드가 매일같이 우리 집에 와서 두 시간을 보낸다고 말하면, 경찰은 코웃음을 칠 거야.」

「우리가 그에게 문을 열어 주지 않는다면 경찰에서 그렇게 못 하게 할까?」

「쥘리에트, 그 문젠 이미 얘기했잖아.」

「다시 한번 얘기해 보자고. 난 이제부터 그 사람에게 문을 열어 주지 않을 준비가 되어 있어.」

「내 마음속에 뿌리 깊은 의식이 있는 것 같아서 두려워. 성서에도 이런 구절이 있잖아. 〈누가 네 집의 문을 두드리면 열어 주라〉고 말야.」

「당신이 그렇게 독실한 기독교도인 줄 몰랐는데.」

「내가 그렇게 독실하다고 생각하진 않아. 하지만 누군가 내 집 문을 두드릴 때, 열어 주지 않는 건 나로서는 불가능해. 그건 뿌리 깊은 거야. 선천적인 것만 바꿀 수 없는 게 아니야. 후천적인 특성 역시 어쩔 수 없는 게 있어. 근본적인 공민 의식이지. 예를 들자면 사람들에게 더 이상 인사를 안 한다든지, 더 이상 악수를 청하지 않는다는 게 나로서는 불가능한 것과도 같아.」

「오늘도 그가 올까?」

「내기할까?」

나는 신경질적인 웃음을 터뜨렸다.

3시 59분도 아니고 4시 1분도 아닌 4시 정각에 문 두드리는 소리가 들려왔다.

쥘리에트와 나는 투기장의 사자에게 던져진 초기 기독교도들과 같은 눈길을 교환했다.

베르나르댕 씨는 내게 자신의 외투를 건네주고 자신의 안락의자에 가서 앉았다. 한순간 나는 그가 오늘은 기분이 나쁜 모양이라고 생각했다. 다음 순간 나는 그가 언제나 그런 얼굴을 하고 있다는 사실을 깨달았다.

나는 그의 앞에서 짐짓 행동을 과장하지 않을 수 없었다. 그것은 기본적인 방어기제였다. 나는 아주 사교적인 어조로 그에게 물었다.

「매력적인 부인께서는 집에 계십니까?」

그는 내게 못마땅한 눈길을 던졌다. 나는 그것을 못 본 체했다.

「제 아내와 저는 부인을 좋아합니다. 이제 서로 인사를 했으니, 주저 말고 부인과 함께 오십시오.」

내 말은 진심이었다. 어차피 우리 고문자의 존재를 견뎌 내야 한다면, 그의 아내와 함께 있는 편이 더 볼만

했다.

팔라메드는 천하의 불상놈 다 보겠다는 듯한 눈길로 나를 쏘아보았다. 그의 눈길에 이윽고 나는 당황하고 말았다. 나는 재빨리 변명을 시작했다.

「정말입니다. 안심하십시오. 부인이 좀…… 특이하다는 사실은 별로 중요하지 않습니다. 우리는 부인을 좋아한답니다.」

이윽고 개가 짖는 듯한 소리로 그가 대답했다.

「오늘 아침, 아내는 몸이 좋지 않았소!」

「편찮으시다고요? 가엾게도 어디가 안 좋으신 건가요?」

그는 한숨 돌린 다음 복수라도 하는 것 같은 의기양양한 어조로 말했다.

「초콜릿을 너무 많이 먹었기 때문이오.」

그의 눈길은 승리감에 넘쳤다. 그는 자기 아내가 아프다는 사실로 인해 우리를 비난할 수 있는 둘도 없는 기회를 잡은 것에 대해 뛸 듯이 기뻐하고 있었다.

나는 그의 말뜻을 알아듣지 못한 척했다.

「가엾어라! 부인은 정말 몸이 약하신 모양이군요.」

분노에 찬 15초가 흘렀다.

「아니요, 내 아내는 몸이 약하지 않소. 당신네 음식

114

이 너무 과했던 거요.」

그는 우리를 비난하기로 작정한 것이 분명했다. 굼
뜬 벽창호처럼 나는 딴청을 부렸다.

「그런 소리 마십시오. 여자들은 너무나도 섬세한 존
재들이라니까요. 중국산 도자기처럼 말입니다! 조금
만 감정이 상해도 소화에 문제가 생긴다니까요.」

나는 그 괴물을 중국산 도자기에 비유하고 있다는
생각에 웃음을 참을 수가 없었다. 하지만 이웃집 남자
는 그 사실이 우습지 않은 모양이었다. 나는 그의 살찐
얼굴이 시뻘게지는 것을 보았다. 화가 잔뜩 나서 그는
고함을 쳤다.

「아니요! 당신들 때문이오! 당신 아내 때문이란 말
이오! 그 초콜릿 말이오!」

분노로 숨을 헐떡이며 그는 그래도 할 말이 있느냐는
태도로 턱을 치켜들었다.

그럼에도 불구하고 나는 그에게 용서를 구하지 않았
다. 선의에 가득 찬 얼굴로 나는 미소를 지었다.

「오, 하지만 큰 문제는 없겠죠. 남편께서 훌륭한 의사
시니까…….」

그는 다시 얼굴이 시뻘게져서는 고개를 내저었지만
할 말을 찾지 못했다.

「친애하는 팔라메드 씨, 부인과는 어떻게 만나게 되었는지 말씀해 주십시오.」 나는 골프채를 휘두르는 듯한 어조로 물었다.

내 질문을 들은 그의 표정이 어찌나 험악했던지 나는 그가 당장 자리에서 일어나 쾅 소리가 나게 문을 닫고 가버리지 않을까 생각했다. 하지만 안타깝게도 그것은 내 바람을 현실로 착각한 것뿐이었다. 마침내 그가 중얼중얼 말했다.

「병원에서 만났소.」

내가 짐작했던 대로였다. 그런데 나는 바보 같은 짓을 저지르고 말았다.

「부인께서는 간호사셨나요?」

경멸에 찬 15초가 흘렀다.

「아니요.」

나는 그에게 그가 즐겨 쓰는 두 단어 중의 하나를 사용할 여지를 주지 말아야 한다는 것을 깜박 잊었던 것이다. 그 〈아니요〉에 이어 나는 그를 막판까지 몰아붙였지만 그의 아내의 출신에 대해서 더 이상의 정보를 얻어 내지 못했다.

그는 평정을 되찾았다. 이윽고 그는 자신이 이겼다는 것을 의식하기 시작한 것 같았다. 물론 우리는 그를 아주 미묘한 상황 속으로 밀어 넣었다. 우리는 그에게 그의 아내를 데리고 오지 않을 수 없도록 만들었고, 초콜릿 사건에서는 그의 반대를 무릅썼다. 그것은 남편으로서의 그의 권위를 모욕하는 것이었다.

하지만 결국 이긴 것은 그였다. 이런 냉혹한 싸움에서 이기는 데는 더 똑똑하다든지 더 사려 깊다든지 하는 것은 아무 도움이 되지 않았다. 유머 감각을 갖는다거나 박학한 지식의 물살로 상대방을 쓸어버릴 수 있다는 것 역시 소용이 없었다. 상대를 제압하기 위해서는 최대한 육중하고, 최대한 움직이지 않고, 최대한 숨막히게 하고, 최대한 예의 없고, 최대한 공허해야 했다.

공허야말로 그의 특성을 가장 잘 요약하는 단어였다. 베르나르댕 씨는 뚱뚱한 만큼 비어 있었다. 뚱뚱했으므로 그는 자신의 공허를 담아 낼 더 많은 공간을 가질 수 있었다. 이 세상 만물이 그렇지 않은가. 나무딸기나 도마뱀이나 경구(警句)들이 그 치밀함으로 풍요를 불러일으킨다면, 바가지를 만드는 커다란 박이나 치즈 수플레, 개회 연설들은 그 부풀음만큼 공허한 것이 아니던가.

공허의 힘만큼 무서운 것도 없다. 공허는 냉혹한 법칙에 따라 움직인다. 예를 들어 공허는 선(善)을 거부

한다. 공허는 집요하게 선의 길을 가로막지만, 반대로 악(惡)의 침투는 기꺼이 받아들인다. 아주 오래된 친구 사이처럼, 공통된 추억을 이야기하면서 서로 기쁨을 느끼는 것처럼.

물[水]도 기억력을 갖고 있다고 하는데, 공허가 기억력을 갖지 못할 이유가 어디 있겠는가? 선에 대해서는 외국인 혐오증적인 반응을 보이고(〈난 네가 누군지 몰라. 그래서 네가 싫어. 그리고 그런 내 마음을 바꿔야 할 이유가 없어〉), 악과는 친밀한 관계를 유지하는 것이다(〈이보게, 친구. 내 집에는 자네가 머문 흔적들이 숱하게 남아 있다네. 이곳이 자네 집처럼 편안하잖은가!〉).

물론 선과 악이 실재하지 않는다고 믿는 이들이 있을 것이다. 그런 사람들은 진짜 악을 경험해 보지 못한 이들이다. 선보다는 악이 훨씬 설득력이 있다. 그것은 양쪽의 화학 구조가 다르기 때문이다.

선은 순금처럼 자연 상태에서 순수한 형태로는 눈에 띄지 않는다. 따라서 선이 눈에 띄어도 별다른 감명이 없는 것이 당연하다. 또한 선은 유감스럽게도 행동하지 않는 습관이 있다. 선은 사람들의 웃음거리가 되는 편을 더 좋아한다.

하지만 악은 가스와도 같다. 눈으로 보기는 어렵지

만, 냄새로 식별할 수 있다. 악은 걸핏하면 정체되어 숨막히는 층을 형성한다. 사람들은 처음에 형태가 없기 때문에 악이 아무런 해도 끼치지 않는다고 여긴다. 그러다가 악이 해놓은 일을 발견한다. 악이 차지한 지위와 이룩한 과업을 보고서야 자신이 졌다는 것을 느끼지만 이미 엎질러진 물이 아닌가. 가스를 몰아낼 수가 없는 것이다.

사전에는 이렇게 씌어 있다. 〈가스는 팽창, 탄력, 압축, 억압의 특성을 갖고 있다.〉 바로 악의 특성이 아닌가.

베르나르댕 씨는 악이 아니라, 불길한 가스가 깃들어 있는 거대한 공허였다. 그가 아무것도 하지 않고 여러 시간을 앉아 있었으므로 나는 처음에 그를 비활동적이라고 생각했다. 하지만 실제로 그는 나를 파괴하고 있었던 것이다.

6시가 되자 그는 돌아갔다.

다음 날 그는 4시에 와서 6시에 돌아갔다.

그다음 날도 4시, 6시였다.

그다음 날, 그다음 날도 마찬가지였다.

〈5시에서 7시까지〉의 만남이 정숙한 만남이라고 여기는 이들이 있다. 〈4시에서 6시까지〉는 그 반대라고 나는 말하고 싶다.

「어쨌든 그는 불구자와 결혼했잖아.」

「그럴 수밖에 없는 상황에서였을걸?」

「그 여자와 같이 살아야 한다는 걸 좀 생각해 봐.」

「『위험한 연민』[14]을 좀 읽어 보라고.」

「에밀, 책이 모든 것의 열쇠가 될 순 없어.」

「물론 그렇지. 하지만 책 역시 이웃이 될 수 있어. 청할 때만 내 집에 왔다가 가줬으면 하고 생각하는 순간 일어서는 이상적인 이웃이지. 츠바이크가 우리 이웃이라고 생각해 봐.」

「우리 이웃이라면 그는 어떤 말을 할까?」

「이 세상에는 선한 연민과 악한 연민이 있다고 말하겠지. 확신하건대 베르나르댕 씨의 연민은 선하지 않아.」

「우리한테 그걸 판단할 권리가 있을까?」

「그런 야비한 인간에 대해 우리는 어떤 권리라도 가질 수 있어. 그가 매일 두 시간씩 우리 집에 와서 죽칠 권리가 어디 있어?」

「하지만 그 사람이 처음에 베르나데트와 결혼하고

---

14 오스트리아의 유대계 작가 슈테판 츠바이크Stefan Zweig(1881~1942)가 1938년 발표한 소설.

자 했던 것만큼은 훌륭한 행위였던 것 같아.」

「저번 날 밤 그가 자기 아내를 어떻게 다루는지 못 봤어? 불구자를 떠맡는다고 해서 당장 성인이 되는 것은 아니야.」

「성인이란 말이 아니야. 선량한 사람이라는 거지.」

「그는 선량한 사람이 아냐. 방법이 나쁜 선의는 선의가 아니야.」

「그 사람이 결혼해 주지 않았다면, 그 여자는 어떻게 되었을까?」

「알 수 없는 일이지. 45년 전에 그녀가 어떤 모습이었을지 누가 알아? 어쨌든 그가 없었다 해도 더 불행해지진 않았을 거야.」

「그렇다면 그는 45년 전에 어떤 모습이었을까? 여윈 몸매를 하고 있는 젊은 그를 상상할 수가 없어.」

「그는 여위지 않았을 거야.」

「젊었을 때도?」

「젊었을 때부터 나이 들어 보이는 사람들이 있잖아.」

「어쨌든 그가 의학 공부를 한 건 틀림없잖아! 미치광이가 그런 공부를 할 수 있겠어?」

「그럴 수 있다는 걸 믿어야 될 판이야.」

「아니야, 그럴 순 없어. 그보다도 그는 잘못 늙은 것 같아. 그럴 수 있잖아. 우리 자신도 5년 후에 어떤 모습을 하고 있을지 누가 알아?」

「한 가지는 확실해. 당신은 그 여자처럼 되지는 않을 거야.」

쥘리에트는 웃으면서 그 여자의 말투를 흉내 내기 시작했다.

「수프! 수프!」

나는 한밤중에 깜짝 놀라 잠에서 깼다. 지금까지 입 안에서만 뱅뱅 돌던 분명한 사실, 곧 베르나르댕 씨는 심술을 부리는 데 있어서 신화적인 인물이라는 사실 때문이었다.

물론 우리는 그가 심술쟁이라는 것을 익히 알고 있었다. 하지만 심술쟁이라는 말로는 부족했다. 그렇게 부를 수 있는 사람은 많았다. 하지만 이웃집 남자는 심술 그 자체였다.

나는 고대와 현대 신화 속의 인물들을 떠올려 보았다. 온갖 다양한 인물들이 떠올랐다. 신화에는 모든 유형의 인물들이 다 있었다. 단, 심술쟁이의 원형은 예외였다. 귀찮은 자, 성가신 수다쟁이, 짜증 나는 호색꾼, 따분하기 짝이 없는 여자, 무분별한 아이 등 온갖 유형의 인간들이 있었다. 하지만 우리 고문자 같은 인물은 없었다.

내가 만난 그는 이웃에게 심술을 부릴 뿐 아니라, 존재 이유나 활동력이 결여된 인물이었다. 의사라고? 나는 그가 누군가를 돌봐 주는 것을 한 번도 보지 못했다. 쥘리에트의 이마를 짚어 보고 베르나데트에게 초콜릿 시럽을 많이 먹지 못하게 하는 것을 의료 행위라고 할 수는 없었다.

사실 베르나르댕 씨가 이 세상에 존재하는 이유는 심술을 부리기 위해서일 뿐이었다. 그 증거로 그에게는 삶에 대한 기쁨이 전혀 없었다. 나는 그를 관찰했다. 그에게는 모든 것이 싫을 뿐이었다. 마시는 것도, 먹는 것도, 전원을 산책하는 것도, 말하는 것도, 듣는 것도, 책을 읽는 것도, 아름다운 것을 바라보는 것도. 그 어느 것 하나 좋아하지 않았다. 가장 심각한 것은 나에게 심술을 부리는 데에서조차 즐거움을 느끼지 못한다는 사실이었다. 그는 너무나도 나를 귀찮게 했지만 그것에 다만 의무감만을 느낄 뿐 그 일에서 어떠한 기쁨도 느끼지 않았다. 나를 귀찮게 하는 일이 귀찮아 죽겠다는 듯이.

그가, 다른 사람들을 성가시게 하는 데서 변태적인 즐거움을 느끼는 고약한 할망구들 같기만 했더라도 나

앉으련만! 적어도 그는 행복하리라는 생각에서 나는 위로를 구할 수 있었으리라.

하지만 그는 내 삶을 망침으로써 자기 삶을 망치고 있었다. 그건 악몽이었다. 아니, 더 나빴다. 아무리 끔찍한 악몽이라도 끝이 있기 마련이건만, 우리의 시련에는 끝이 없었다.

실제로 나는 앞날에 대해 생각해 보았다. 상황이 나아질 이유가 없었다. 앞을 내다보아도 해결의 실마리 같은 것은 보이지 않았다.

만약 그 집이 〈우리 집〉만 아니었더라도 우리는 이사를 갈 수 있었으리라. 하지만 우리는 그곳이 너무나도 좋았다. 오랜 방랑 끝에 약속의 땅에 정착한 모세가, 베르나르댕 같은 자를 만났다고 해서 그곳을 떠날 마음을 먹을 수 있겠는가.

또 하나의 가능성은 모든 인간의 궁극적인 결말, 곧 죽음에 있었다. 이웃집 남자가 자연사한다면 완벽한 해결책이 될 수 있었다. 하지만 일흔 살의 나이에 뚱뚱한 몸에도 불구하고 그는 죽음과는 전혀 관계가 없어 보였다. 게다가 의사들의 수명은 평균 이상이라고 하지 않는가?

마지막 가능성은 쥘리에트가 처음부터 얘기했던 대

로 그에게 문을 열어 주지 않는 것이었다. 그것이야말로 응당 내가 해야 할 일이었다. 그것은 법에 저촉되지 않는 범위 내에서 할 수 있는 지혜로운 선택이었다. 내가 한낱 소심하고 얼빠진 선생만 아니었더라도 그럴 용기를 낼 수 있었으리라. 하지만 인간이란 자신의 성격을 선택할 수는 없는 법 아닌가. 소심한 자가 되고 싶지 않았지만 나는 그 굴레에서 벗어날 수가 없었다.

나는 쓴웃음을 지으며 이것이 운명이라고 생각하기로 했다. 신화에 미치지 않고서 40년을 한결같이 그리스어와 라틴어를 가르칠 수는 없다. 따라서 이런 충격적인 운명에는 어떤 타당성, 아니면 적어도 어떤 논리적인 일관성이 있을 터였다. 내가 신화에서도 그 예를 찾을 수 없는 원형적인 인물을 만나게 된 것은 원전 연구를 전문으로 하고 있었기 때문이 아니겠는가.

마치 말기 간장병을 전문으로 다루는 의사 자신이 간 경화증에 걸린 것과도 같았다. 요컨대 칼갈이의 칼이 녹이 슨 격이었다.

나는 빙그레 웃으면서 침대 속에서 몸을 뒤척였다. 안타깝고 어이없게도, 약한 자들은 그런 데서 의미를 찾음으로써 위안을 삼는다는 사실을 깨달았던 것이다.

물론 나 이전에 그 사실을 깨달은 철학자들은 많다.

하지만 다른 이들의 지혜란 아무 쓸모도 없었다. 태풍이 닥칠 때, 그러니까 전쟁이나 불이나 사랑이나 병이나 이웃집 남자가 닥쳐올 때 인간은 언제나 혼자다. 막이 세상에 태어난 고아일 뿐.

「텔레비전을 사면 어떨까?」

쥘리에트는 찻주전자를 떨어뜨릴 뻔했다.

「제정신이야?」

「우리를 위해서 사자는 게 아냐. 그자를 위해서 사자는 거야. 우리 집에 온 그를 텔레비전 앞에 앉혀 놓으면 우리가 조용히 있을 수 있잖아.」

「그 끔찍한 소리가 들리는데 조용히 있을 수 있다고?」

「그건 과장이야. 저속하긴 하지만 끔찍하진 않아.」

「안 돼, 그건 형편없는 생각이야. 결과는 둘 중의 하나일 거야. 베르나르댕 씨는 텔레비전을 좋아하지 않아서 전보다 더 심술궂은 태도로 자리를 지키든지, 텔레비전을 아주 좋아해서 네 시간, 다섯 시간, 일곱 시간을 우리 집에서 떠나지 않든지 할 거야.」

「끔찍한 일이군. 거기까지는 생각하지 못했어. 그렇다면 그에게 텔레비전을 사주면 어떨까?」

그녀가 웃음을 터뜨렸다.

그 순간 전화벨이 울렸다. 우리는 공포에 질린 표정으로 서로를 마주 보았다. 우리가 〈우리 집〉에 이사 온 지 두 달이 다 되어 가고 있었지만 그동안 한 통의 전화도 오지 않았다.

쥘리에트가 더듬거리며 말했다.

「혹시……」

나는 욕설을 퍼붓기 시작했다.

「분명히 그 작자일 거야! 그자가 아니면 누구겠어? 4시부터 6시까지로도 부족한 거야! 이제는 아침부터 귀찮게 구는군!」

「여보, 제발 받지 마.」 아내가 애원하는 어조로 말했다.

그녀의 얼굴은 납빛이었다.

정말이지 나는 전화를 받고 싶지 않았다. 하지만 내 집 문을 두드리는 소리를 들었을 때와 똑같은 현상이 일어났다. 나 자신을 통제할 수가 없었던 것이다. 나는 안절부절못했고 숨이 막혀 왔다. 그런데 전화벨 소리는 지치지도 않고 울리는 것이 아닌가! 그것만 보아도 전화 건 사람이 누구라는 것을 알 수 있었다.

신경이 곤두선 채 수치심에 몸을 떨면서 나는 전화기로 달려가 수화기를 집어 들면서 쥘리에트 쪽을 바라보았다. 그녀는 두 손으로 얼굴을 가리고 있었다.

전화기 속에서 내가 예상했던 그르렁대는 소리 대신 매력적이고 활력에 넘치는 젊은 여자의 목소리가 들려왔을 때, 내가 얼마나 놀랐겠는가.

「아젤 선생님, 제가 잠을 깨운 건 아닌가요?」

갑자기 숨통이 트이는 것 같았다.

「클레르!」

아내 역시 깜짝 놀라며 나보다 더 기뻐했다. 클레르는 40년 동안 내가 가르친 학생 중에서 가장 뛰어난 학생이었다. 그 애는 지난해에 대학 입학 자격시험에 합격했다. 우리는 그 애를 친손녀처럼 여기고 있었다.

클레르는 자신이 얼마 전에 운전면허증을 취득했노라고 말했다. 그리고 아직 성능이 괜찮은 중고 자동차를 하나 샀는데, 그것을 몰고 우리를 보러 오고 싶다는 것이었다.

「와도 되고말고, 클레르. 우리한테 그 이상 기쁜 일이 어디 있겠니.」

나는 그 애에게 길을 알려 주었다. 그 애는 다음다음 날 오후 3시경에 도착할 예정이라고 말했다. 기쁨이 차오르기 시작할 때 머릿속에 베르나르댕 씨가 떠올랐다.

하지만 그때 클레르는 이미 작별 인사를 하고 있었다. 나는 다른 때에 오는 것이 좋겠다는 말을 할 틈이 없었다. 제비처럼 날쌔게 그 애는 전화를 끊었다.

「그 애가 모레 오겠대.」 나는 좋기도 하고 싫기도 한, 애매한 어조로 말했다.

「토요일이네! 이렇게 기쁠 데가! 다시는 그 애를 못 보는 줄 알았는데!」

쥘리에트는 뛸 듯이 기뻐했다. 내가 이렇게 부언하기 위해서는 용기가 필요했다.

「3시에 도착할 거야. 다른 때 오라고 말하려고 했는데 그만⋯⋯.」

「저런.」

그녀의 기쁨이 조금 잦아들었다. 하지만 그녀는 절망하지 않았다.

「누가 알아? 뜻밖의 해후처럼 흥미진진한 일이 일어날지도 모르지.」

나는 그녀가 정말 그렇게 믿고 있는지 궁금했다.

클레르는 요즘 처녀가 아니었다. 그 애가 청소년기에 라틴어와 그리스어를 공부했다고 해서 이런 말을 하는 게 아니다. 그런 특이함 이외에도 그 애는 요즘 아이들과 다른 점이 많았다. 그 애의 얼굴은 너무나도 온화해서 친구들은 그 애가 예쁜 줄을 몰랐고, 그 애가 너

129

무나 잘 웃었으므로 청년들은 그 애를 귀하게 여기지 않았다.

강독 시간이면 그 애는 세네카와 핀다로스를 우아하고 유려한 프랑스어로 번역하곤 했다. 그 애는 자신에게 그런 능력이 있다는 사실을 의식조차 못 하는 것 같았다. 하지만 같은 반 아이들은 그 사실을 의식하고, 그런 놀라운 능력을 가진 그녀를 오히려 놀려 댔다. 고등학생들 사이에서 똑똑한 학생이 경원시되는 것은 종종 봐온 일이었다.

클레르는 당당한 태도로 그 모든 것에 초연했다. 그 애와 나 사이에는 진정한 우정이 싹텄다. 그 애의 부모들은 그 애가 고대 언어에 경도되는 것에 끊임없이 잔소리를 퍼부어 대는 고지식한 이들이었다. 그 애가 부기학이나 비서학 같은 진지한 공부를 택했다면 그들은 무척 기뻐했으리라. 사어(死語)를 배운다는 것이 그들의 눈에는 한심하기 짝이 없는 시간 낭비로 보였던 것이다. 그것도 하나도 아닌 두 개씩이나!

언젠가 나는 클레르를 점심 식사에 초대한 적이 있었다. 그때 그 애는 열다섯 살이었다. 쥘리에트는 첫눈에 그 애에게 반했고 클레르도 마찬가지였다. 우리는 그 애의 부모라기에는 너무 나이가 많았으므로 그 애를 친손녀처럼 여기고 있었다.

우리 세 사람 사이에는 드물게 돈독한 관계가 싹텄다. 클레르는 바깥세상에서 우리가 중요하게 여기는 유일한 인물이 되었다.

클레르[15]라는 이름은 그 애에게 멋지게 어울렸다. 그 애에게서는 사람의 눈길을 끌어당기는 빛이 발산되고 있었다. 그 애는 함께 있다는 것만으로도 상대를 행복하게 만들어 주는 그런 드문 아이였다.

이제 클레르는 열여덟 살이 되었지만, 조금도 변하지 않았다. 10여 개월 전부터 우리는 그 애를 보지 못했지만, 우리를 묶어 주는 그 깊은 애정은 조금도 변함이 없었다.

그 애는 언제나 나를 〈아젤 선생님〉이라고 불렀지만, 쥘리에트에게는 처음부터 친숙하게 이름을 불렀다. 나는 그 사실에 발끈하지 않았다. 내 아내는 내 아이이기도 했으니 손녀인 그 애와 더 가까운 사이가 아니겠는가.

클레르가 우리 집에 온 지 10분도 채 안 되어 그 애의 존재는 우리를 환하게 해주었다. 그것은 그 애가 하

15 〈밝다, 환하다, 명석하다〉라는 뜻.

는 말 때문도, 그 애의 태도 때문도 아니었다. 그 애에게서는 발랄함이 발산되고 있었다. 우리는 그 애가 우리를 잊지 않았다는 사실에 너무나도 기뻤다. 우리는 바깥세상에 관심이 없었지만, 그 애만큼은 우리에게 더없이 필요한 존재였다.

문 두드리는 소리가 들려왔다. 벌써 4시가 아닌가! 나는 그 애가 사태를 이해할 수 있도록 그 공교로운 방문에 대해 그 애에게 미리 귀띔을 해주어야겠다고 마음먹지 않았던가.

「오, 누굴 초대하셨군요? 그럼 전 이만…….」

「클레르, 안 된다. 제발 있어 주렴.」

베르나르댕 씨는 자신에게 주어진 그 시간 동안 우리가 감히 다른 사람을 초대했다는 사실에 분개한 모양이었다. 클레르가 특유의 그윽한 미소를 띠며 안녕하시냐고 인사를 건넸을 때에도 그는 무어라 입속에서 중얼거렸을 뿐이었다. 쥘리에트와 나는 그의 무례함이 우리 잘못이기라도 한 것처럼 당황했다.

그는 자신의 안락의자로 가서 털썩 주저앉은 다음 꼼짝도 하지 않았다. 클레르는 선의와 놀라움에 찬 눈길로 그를 바라보았다. 그 애는 그가 우리들의 친구이고, 그렇기 때문에 그에게 말을 건네야만 한다고 생각한 것 같았다.

「정말 아름다운 곳에 사시는군요!」 그 애가 매력적인 목소리로 감탄했다.

고문자는 참을 수 없다는 듯한 표정을 짓고 있었다. 〈감히 내 시간을 가로챈 수다쟁이 계집애에게 친히 말까지 건네야 한단 말인가〉 하고 생각하고 있는 것처럼.

그는 입조차 열지 않았다. 나는 아연실색했다. 클레르는 그의 귀가 어두운 것이라고 여기고 금방 했던 말을 좀 더 큰 소리로 반복했다. 그러자 그는 그 애가 욕이라도 한 것처럼 못마땅한 눈길로 그 애를 쏘아보았다. 나는 그자의 따귀를 갈기고 싶었지만, 그저 그를 대신해서 이렇게 대답했을 뿐이었다.

「베르나르댕 씨는 이웃집에 사신단다. 매일 오후 4시부터 6시까지 우리 집에 오시곤 하지.」

나는 클레르가 이 방문의 성격을 이해하리라고 생각했다. 우리가 그 고문자에게 희생되고 있다는 것은 너무나도 분명한 사실이었으니까. 하지만 실제로 사태는 그렇게 명료하지 않았던 모양이었다. 그 애는 우리가 그와 진정한 친교를 나누고 있는 것으로 여겼던 것이다. 심지어는 그를 초대한 것이 바로 우리였다고까지 생각했는지도 모른다. 싸늘한 기운이 감돌았다. 돌이킬 수 없는 냉기였다. 그 애는 차마 더 이상 그에게 말을 건네지 못하고 그 후부터는 우리하고만 대화를 나누었지만 특유의 자연스러운 태도와 활기찬 어조를 그만 잃고 말았다. 쥘리에트와 나는 애가 탄 나머지 부자연한 태도로 말을 이었다. 우리의 웃음소리는 어색하고 공허했다.

지옥이 따로 없었다.

클레르는 그 타격을 오래 버티지 못했다. 5시경 그녀는 돌아갈 채비를 했다. 우리는 그 애를 잡고 싶었다. 하지만 그 애는 어겨서는 안 될 약속이 있노라고 단호하게 말했다.

나는 그 애를 차 있는 곳까지 배웅했다. 그 애와 단둘이 되자마자 나는 상황을 설명하려 했다.

「우리로서는 저 사람에게 문을 열어 주지 않을 수가 없단다. 저 사람은 이웃이긴 하지만…….」

「좋은 분이더군요. 두 분께 좋은 친구가 되시겠어요.」 그 애는 당황한 내 모습이 보기 딱했던지 내 말허리를 잘랐다.

말들이 입 밖으로 소리가 되어 나오지 않았다. 누군가 내게 건방진 어조로 말하다니, 평생 처음 있는 일이었다. 게다가 그렇게 말하고 있는 사람이 다름 아닌 내

손녀 클레르가 아닌가! 그토록 오랫동안 나를 스승으로서 존경하고, 내게 찬탄의 눈길을 보내고, 보잘것없는 내 경력에 의미를 부여했던 바로 그 아이가 이제 내게 늙은이들에게나 쓰는, 타이르는 듯한 그런 동정 어린 어조로 말하고 있다니!

그 애는 애정과 서글픔이 뒤섞인 미소를 지으며 내 손을 잡았다. 그 미소는 이렇게 말하고 있었다. 〈그래요, 선생님이 늙어 가시는 걸 탓할 순 없죠.〉

「또 와줄 거지? 클레르, 다시 올 거지?」

「그럼요, 그럼요, 아젤 선생님. 쥘리에트에게도 인사 전해 주세요.」 하지만 그 애의 눈빛은 영원한 작별을 말하고 있었다.

차가 숲속으로 사라졌다. 나는 내가 다시는 그 애를 보지 못하리라는 것을 알고 있었다.

내가 거실로 돌아오자, 아내가 고통스러운 어조로 물었다.

「또 들른대?」

나는 그 애의 대답을 되풀이했다.

「그럼, 그럼.」

쥘리에트는 한시름 놓았다는 듯한 표정을 지었다. 그 단어의 언어적 특성을 모르고 있는 것이 분명했다.

수학에서는 플러스에 플러스를 더하면 플러스가 되지만, 그렇다라는 말이 두 개 겹치면 언제나 부정을 뜻하는 법이다.

베르나르댕 씨는 그 말의 뜻을 알고 있는 듯했다. 왜냐하면 그의 눈빛에 의기양양해하는 승리의 표정이 스쳐 갔던 것이다.

쥘리에트의 숨소리가 규칙적이 되었다. 마침내 나는 자리에서 빠져나올 수 있었다.

나는 침대에서 나와 발끝으로 조심조심 층계를 내려왔다. 자정이 지난 시각이었다. 불도 켜지 않은 채 나는 고문자가 앉곤 하는 그 빌어먹을 안락의자에 앉았다. 우리 이웃의 몸무게 때문에 의자 한가운데가 움푹 패어 있었다.

나는 오늘 일을 클레르의 입장에서 생각해 보았다. 사려 깊게도 그 애는 겉으로만큼은 자신의 실망을 드러내지 않았다. 나는 그런 그 애를 원망할 수가 없었다.

나는 거듭해서 실수를 저질렀다. 만약 내가 베르나르댕 씨의 방문에 대해 침묵을 지켰다면, 그 애는 그가 골치 아픈 이웃이라는 사실을 눈치챘을 수도 있었다. 하지만 나는 그가 매일 4시에서 6시까지 우리 집에 들른다고 밝혔다. 따라서 그 애는 그 얼간이가 우리의 친구라고 결론 내렸던 것이다.

더욱 심각한 실수가 있었다. 그리고 그 애의 짐작에 대해 나는 감사해야 마땅했다. 내가 누군가의 침입을 묵과할 수 있으리라고 그 애가 어떻게 상상하겠는가? 자신이 존경하는 스승이 그런 야비한 작자를 대책 없이 집 안에 들여 놓았다는 말을 누군가에게서 들었다면, 그 애는 그 말을 믿지 않았으리라. 그 애는 그 정도로 나를 존경하고 있었다.

실수에 실수를 저질렀으니 그런 대가를 치러 마땅하지 않은가! 우습기 짝이 없었다. 하지만 나는 울음이 터질 지경이었다. 클레르가 오만한 어조로 중얼거리는 소리가 들려오는 것 같았다. 〈그 나이가 되면 더 이상 외로움을 견딜 수 없는 법이지. 방해가 된다 해도 남들로부터 버려졌다는 느낌보다는 더불어 지내는 걸 좋아하게 되는 거야. 아무리 그렇다 해도 고대인들의 지혜를 내게 가르쳐 주신 분, 부화뇌동하는 태도를 경멸하시던 분, 고행의 수도사 시메온[16]을 존경하시던 분이 그 지경이 되다니! 이프르의 얀센[17]처럼 속세를 피해

---

16 Simeon(390~459). 시리아의 고행자. 기둥 위에서 수행한 것으로 유명함.

시골에 숨어 살겠다고 내게 말씀하시지 않으셨던가. 그래 놓고 그 상스러운 노인을 매일 집에 초대하다니. 하지만 너그럽게 생각해야 해. 늙는다는 건 난파와도 같으니까. 하지만 그 배가 물살에 휩쓸려 가는 걸 내 눈으로 직접 보고 싶진 않아. 그건 내 능력 밖의 일이야. 그리고 무엇보다도 그런 사람과 함께 있고 싶지 않아. 그런 선생님을 쥘리에트가 어떻게 견뎌 내고 있는지 이상해. 난 다시는 그들을 보러 가지 않을 거야. 내 추억을 손상되지 않은 채 간직하고 싶어. 게다가 그들에게는 친구가 있으니까 더 이상 나를 필요로 하지 않겠지.〉

　나는 그 목소리를 잠재우기 위해 노력했다. 나는 스스로를 저주했다. 그 애를 차까지 배웅하면서 어떻게든 틈을 내어 사정을 설명했어야 하는 건데! 얼마든지 그럴 기회가 있었는데! 어째서 그 기회를 놓쳐 버린 것일까?

　평생 처음으로 나는 내가 늙었다는 사실을 깨달았다. 내게 그 사실을 깨닫게 해준 것은 그 젊은 처녀의 연민에 찬 시선이었다. 그 눈빛만큼 끔찍한 것도 없었다.

　내 잘못이 나를 노인으로 만들었다. 오늘 문제가 된

　　17 Cornelius Jansen(1585~1638). 네덜란드의 신학자. 얀센주의의 창시자.

건 나이가 아니었다. 예순다섯 살이라는 나이는 이 일과 아무 관계도 없다. 나 자신 말고는 책임을 전가할 데가 없었다.

그뿐만이 아니었다. 내 실수가 특이한 것이라고 해서 경멸을 피할 수는 없었다. 나는 비겁하기 짝이 없다는 비난을 받아 마땅했다. 스스로의 궁극적인 행복과 존엄을 저버리지 않았던가. 속된 말로 하자면 남이 나를 조롱하는 것을 허용했던 것이다. 그러면서도 그것을 아무 근거 없이 대수롭지 않은 것으로 받아들였다. 내가 스스로를 합리화하기 위해 들먹였던 관습이란 어디에도 존재하지 않았다.

그것은 늙은이의 행동이었다. 내 태도가 늙은이의 것이었던 만큼 나는 늙은이로 취급되어 마땅했다.

그리고 쥘리에트는 또 어떤가. 내가 스스로를 불행하게 만들 권리가 있다 치더라도, 도대체 어떤 근거로 그녀의 행복을 그렇게 소홀히 여겼던가? 나는 경멸해 마지않는 그자에게 특전을 베풂으로써 사랑하는 그녀를 희생시키지 않았던가. 그렇다고 그녀가 내게 충고를 하지 않은 것도 아니었는데. 그녀의 제안은 너무나도 쉽고 간단하게 실천할 수 있는 것이었는데. 그저 문을 열어 주지 않으면 되는 일이 아니었던가! 침입자에게 문을 열어 주지 않는 것이 그렇게도 어려운 일이란 말인가?

나는 어떤 일이 일어날지 전혀 예측하지 못했다. 그렇게 하찮은 실수가 이런 결과를 낳으리라고는 상상도 하지 못했다. 솔직하게 인정해야 했다. 클레르를 잃었다는 사실이 가슴을 비수로 찌르는 것처럼 고통스럽다는 것을. 그 애는 나를 속속들이 알고 인정해 주는 유일한 존재였다. 그 덕택에 내 눈에도 스스로가 훌륭하게 보였다. 일생에 한 번쯤 똑똑한 이에게서 찬탄의 시선을 받고 싶어 한다고 해서 그 사람을 허영에 찬 인간이라고 비난할 수는 없으리라. 하물며 그가 노년에 접어들고 있고, 찬탄을 보내는 사람이 젊은이라면 더 말할 필요가 있을까.

나아가 그가 그 젊은 추종자에게 애정을 갖고 있다고 하자. 그렇다면 그 처녀야말로 그에게 가장 필요한 존재이리라. 클레르는 바깥세상에서 내 가치를 인정해 주는 보증인이었다. 그 애가 나를 존경하는 한 나는 괜찮은 인간으로 여겨질 터였다.

그날 밤 나는 스스로가 우스꽝스럽고 보잘것없고 비열하게 느껴졌다. 그러니 내 인생 전체가 그럴 수밖에 없었다.

나는 일개 시골 고등학교 교사로 40년 동안 세상이 경원하는 사어(死語)를 가르쳤고, 찬란한 원칙이라는 미명하에 아내에게 평범한 즐거움들을 허락하지 않았다. 그런 생활에서 내가 얻어 낸 자그마한 이점, 다시 말해서 재능 있는 학생의 진심 어린 경탄의 감정은 이제 더 이상 내 것이 아니었다. 그 젊은 처녀의 눈빛에서 나를 가엾은 늙은이로 여기고 있다는 사실을 읽었던 것이다.

나는 창밖을 바라보며 체호프의 말을 중얼거렸다. 〈인생 전체가 실패다. 인생 전체가.〉 그런 점에서 내 삶은 평범하기 짝이 없었다. 진부하기 짝이 없는 매몰 그 자체였다.

나는 베르나르댕 씨의 몸무게로 움푹 파인 안락의자에 주저앉아서 두 손으로 얼굴을 감싸고 울기 시작했다.

오후 4시, 나를 파멸로 몰고 간 장본인이 도착했다. 나는 밀려오는 홍수를 받아들이듯 그를 맞았다. 나는 그에게 한마디도 하지 않았다. 그날 아침 나는 면도조차 하지 않았다. 나는 수염이 따끔따끔 솟아나 있는 턱을 만지작거리며 두 시간을 보냈다. 그 수염이 내 고문자의 몸에 난 것이라는 이상한 확신에 찬 채.

6시가 되자 그는 돌아갔다.

그날 저녁 쥘리에트는 클레르가 언제 다시 들르기로 했느냐고 물었다.

「그 애는 다시 오지 않을 거야.」

「하지만…… 어젠 그 애가 온다고 했다면서…….」

「어제 내가 그 애에게 다시 와달라고 부탁하자 그 애는 그럼요, 그럼요 하고 말하더군. 그건 다시는 안 오겠다는 뜻이야.」

「하지만 왜?」

「난 그 애 눈빛에 떠오른 표정을 읽었어. 그 애는 다시 우리를 보러 오지 않을 거야. 내 잘못이야.」

「당신이 그 애한테 뭐라고 했는데?」

「아무 말도 안 했어.」

「무슨 말인지 모르겠는걸.」

「아니, 당신은 알고 있어. 내게 설명을 강요하지 마. 당신도 잘 알고 있잖아.」

아내는 저녁 내내 더 이상 한마디도 하지 않았다. 그녀의 눈빛은 죽은 사람처럼 무표정했다.

다음 날 아침 아내는 열이 39도까지 올랐다. 내내 침대에 있어야 했다. 나 역시 내내 침대 곁을 지켰다. 아내는 잠자리에 들었지만 쉽게 잠들지 못했고, 불안해 보였다.

4시가 되자 문 두드리는 소리가 들려왔다.

나는 2층에 있었지만, 최근 내 청각은 경계 태세에 있는 동물처럼 극도로 날카로워져 있었다.

기적이 일어났다. 내 안에서 알 수 없는 힘이 충동처럼 솟구쳤다. 흉곽이 팽창되고 턱이 조여들었다. 한순간도 생각해 보지 않고 나는 층계를 달려 내려가 문을 열고는 눈을 부릅뜨고 상대를 쏘아보았다.

그의 살찐 얼굴에는 아무 표정도 떠오르지 않았다. 이윽고 내 입이 열리고 분노가 쏟아져 나왔다. 나는 고함을 질렀다.

「썩 꺼져! 썩 꺼지지 못해. 다시는 오지 마. 또 오면 당신 머리통을 박살 내버리겠어!」

베르나르댕 씨는 아무런 반응도 보이지 않았다. 그가 표현할 수 있는 감정은 제한되어 있었고, 놀라움은 그 목록에 들어 있지 않았다. 그의 얼굴이 좀 더 침울해졌을 뿐이었다. 그 얼굴에 어렴풋하게 당혹감이 서려 있다고 여겨지자 내 분노는 극으로 치달았다.

나는 그에게 달려들어 외투 깃을 움켜쥐고 미친 듯

이 그를 흔들어 대며 소리쳤다.

「꺼져, 이 귀찮은 작자야! 다시는 당신 얼굴을 보고 싶지 않단 말이야!」

나는 그를 쓰레기 더미처럼 뒤로 내던져 버렸다. 그는 넘어질 뻔했지만, 때맞추어 균형을 잡았다. 그는 내게 눈길조차 보내지 않았다.

그는 뒤로 돌아서더니 굼뜨고 무거운 걸음으로 걷기 시작했다.

얼떨떨해진 나는 멀어져 가는 거대한 그의 뒷모습을 물끄러미 바라보았다. 이렇게 쉬운 일이었다니! 나는 기쁨과 승리감으로 정신을 차릴 수가 없었다. 내 생애 처음으로 분노를 터뜨리고 그 결과에 취해 있었다! 호라티우스가 분노를 광기로 정의한 것[18]은 얼마나 잘못된 것이었던가. 그의 말과는 정반대로 분노란 곧 지혜가 아닌가. 그 지혜가 좀 더 일찍 내 머릿속에 떠올랐더라면 얼마나 좋았을까!

나는 뺨이라도 후려치듯 소리 나게 문을 닫았다. 내가 후려친 것은 나약하게 살아온 65년의 세월이었다. 나는 우렁찬 웃음을 터뜨렸다. 나는 개선장군처럼 기운차고 당당하게 단숨에 계단을 뛰어 올라가 누워 있

18 〈분노는 짧은 광기이다 *Ira furor brevis est.*〉『서한시』의 한 구절.

는 쥘리에트에게로 갔다. 나는 무훈시라도 읊는 태도로 내 위업을 떠벌렸다.

「들었지! 그자는 이제 다시는 안 올 거야. 다시는 안 올 거라고! 또 오면 맹세코 그자의 머리통을 박살 내버리겠어!」

아내는 기운 없이 미소를 지었다. 그녀는 한숨을 내쉬었다.

「잘됐네. 하지만 클레르 역시 다시는 오지 않을 거야.」

「그 애에게 전화를 걸겠어.」

「무슨 말을 하려고?」

「사실을 말하는 거야.」

「두 달 동안 아무 항의도 하지 않고 침입자를 받아들였다고? 당연히 문을 열어 주지 말아야 했음에도 불구하고 그를 집 안에 들여 놓았다고 말하겠다는 거야?」

「그자가 우리 집 문을 부수겠다는 협박을 했다고 말하지 뭐!」

「그러니까, 그 사람 앞에서 비굴하게 행동했다는 것을 그 애에게 털어놓겠다고? 그로부터 벗어나기 위해 단 한마디도 하지 못했다는 것을 고백하겠다고? 어째서 그 사람에게 더 이상 오지 말라고 단호하게 쏘아붙이지 못했는지 말하겠다는 거야?」

「오늘 내가 한 일을 그 애에게 말해 주겠어. 그동안의 잘못을 벌충한 셈이잖아, 안 그래?」

나직하고 서글픈 어조로 쥘리에트는 내 눈을 들여다보며 말했다.

「그렇게 극단적으로 행동해야만 했을까? 오늘 당신의 행동은 지나쳤어. 당신은 상스럽고 거칠었어. 자기 통제력을 잃어버렸다고. 그건 행동이 아니라 감정을 폭발시킨 거야.」

「그게 효과적이었다는 건 당신도 부정할 수 없잖아! 그게 옳은 방법인가 하는 것은 중요하지 않아. 베르나르댕은 그 이상의 대접을 받을 자격이 없어.」

「그렇고말고. 하지만 당신의 그런 행동을 정말 클레르에게 털어놓을 생각이야? 그게 떠벌릴 일이라고 생각해?」

나는 대답할 말이 없었다. 내 열광은 잦아들었다. 아내는 침대 속에서 몸을 돌리며 중얼거렸다.

「어쨌든 그 애는 우리에게 자신의 전화번호도 알려놓지 않았어. 주소는 물론이고.」

다음 날 오후 4시 우리 집 문을 두드리는 사람은 없었다.

그다음 날도 마찬가지였다. 다음다음 날 역시 마찬
가지였다.

하지만 3시 59분이 되면 내게는 여전히 고통스러운
온갖 증상이 나타나곤 했다. 숨쉬기가 힘들고 식은땀
이 났다. 영락없는 파블로프의 개가 아닌가.

4시 정각이 되면 나는 너무나 신경이 곤두선 나머지
정신이 혼미해지곤 했다.

4시 1분이 되자 승리감에 찬 전율이 내 온몸을 관통
하곤 했다. 기쁨으로 펄쩍펄쩍 뛰지 않기 위해서 스스
로를 억제해야 할 정도였다.

내가 〈하곤 했다〉는 표현을 거듭해서 쓴 것에는 이
유가 있다. 그런 조건 반사가 여러 날 동안 계속되었던
것이다.

나머지 시간대에는 훨씬 빨리 긴장을 풀 수 있었다.
그런 지긋지긋한 조바심에서는 벗어날 수 있었지만 그
렇다고 행복하지는 않았던 것이다. 베르나르댕 증후군
은 후유증을 남겨 놓았다. 아침에 잠에서 깰 때마다 지
독한 열패감이 느껴지곤 했다. 하지만 그 이유를 알 수
가 없었다. 당연한 일이었다. 그 감정은 비합리적인 것
이었으니까.

실제로 〈우리 집〉에 처음 이사 왔을 때(1월 초)와 당

시(3월 말)의 상황을 비교해 보면, 그 일이 일어나지 않았던 상태로 되돌아왔다는 것을 알 수 있었다. 상황은 다시 똑같아졌다. 낮 시간을 망쳐 놓는 고문자는 더 이상 오지 않았다. 내 하루하루는 언제나 꿈꾸던 대로 시간을 벗어나 심오한 정적 속에서 흘러가고 있었다.

물론 클레르 사건이 있었다. 하지만 이곳으로 이사 왔을 때 나는 그 젊은 처녀가 우리를 방문하리라고 생각지도 않았고 기대하지도 않았다. 따라서 우리의 행복은 고스란히 다시 찾아왔고, 따뜻한 물에 몸을 담그듯 거기에 빠져들기만 하면 된다고 믿지 않을 이유가 없었다.

하지만 나는 그럴 수 없다는 사실을 깨달았다. 베르나르댕의 압박을 받으며 보낸 두 달의 세월이 뭔가를 부숴 버렸던 것이다. 그것이 무엇인지는 알 수 없었지만 그것이 파괴되었다는 것은 고통스러울 정도로 분명하게 느낄 수 있었다.

예를 들어, 쥘리에트가 전보다 나를 사랑하지 않는 것은 아니었지만, 우리 사이에 있었던 순수한 유년의 분위기는 더 이상 찾아볼 수 없었다. 그녀는 내 행동에 대해 더 이상 아무런 비난도 하지 않았다. 그런 일이 있었다는 것조차 잊어버린 듯 행동했다. 그럼에도 불구하고 나는 그녀의 내면에 어떤 긴장이 줄곧 자리잡고 있다는 것을 느낄 수 있었다. 그녀가 줄곧 지니고 있던, 신뢰와 경청의 그 놀라운 능력을 그녀에게서 더 이상 찾아볼 수 없었다.

물론 우리가 불행했던 것은 아니었다. 다만 우리는 본질적인 것인 만큼 꼭 짚어 말하기 어려운 그 무엇을 잃어버리고 말았다. 나는 마지막 무기인 시간을 내세우며 스스로를 안심시켰다. 시간은 이 암초를 지워 버릴 수 있으리라. 머지않아 이 기억은 아득해지리라, 머지않아 웃으면서 이야기할 수 있으리라.

이런 시간의 치유력에 기대를 건 나머지 나는 이미 그렇게 된 듯 행동했다. 그 사건에 대해 때 이르게 농담을 하기도 했고, 그 침입 사건 때에 있었던 일화를 언급하든지 팔라메드의 느릿한 거동을 흉내 내든지 우리가 지시어를 밝히지 않은 채 아직도 〈그의 안락의자〉라고 부르는, 움푹 가라앉은 안락의자에 털썩 주저앉든지 하면서 웃음을 터뜨리곤 했다.

쥘리에트도 같이 웃었다. 하지만 그 웃음에는 진정이 담겨 있지 않은 것 같았다. 기우였을까?

그녀는 때때로 창가에 서서 오랫동안 이웃집을 응시하곤 했다. 풀 길 없는 고뇌가 담긴 표정으로.

4월 2일에서 4월 3일에 이르는 그날 밤을 나는 잊을 수가 없다. 나는 원래 잠이 없었다. 베르나르댕 사건 이후 그 정도가 더욱 심해졌다. 잠이 들기 위해서는 여러 시간이 필요했다. 나는 불면증이란 의지 결핍증의 극치라고 단언한 베르나노스에게 욕설을 퍼부으며 침대 속에서 뒤척이곤 했다. 물론 산을 옮길 믿음이 있다면야 잠드는 것쯤은 어린애 장난일 터였다. 하지만 유일한 형이상학적 환경이 뚱보 의사뿐인데 어떻게 마음의 평화를 얻는단 말인가.

그렇게 여러 시간 동안을 나는 신경이 곤두선 채 침대 속에서 뒤척였다. 쌔근거리는 쥘리에트의 숨소리도 내 마음을 편안하게 가라앉혀 주지 못했다. 급기야는 숲의 정적에 이르기까지 모든 것이 나를 짜증스럽게 했다. 잠 못 드는 사람에게는 도시의 소음이 차라리 덜 고통스러우리라. 이곳에서 살아 있는 소리라고는 시냇물이 졸졸거리는 소리가 고작이었다. 그 소리도 너무 작아서 귀를 기울여야만 들을 수 있었고, 그런 끊임없는 노력 때문에 내 몸은 긴장을 풀 수가 없었다.

이윽고 물소리가 크게 들려오기 시작했다. 무슨 일이 일어나고 있는 것일까? 물이 갑자기 불어난 것일까? 우리 집 뜰 안으로 물이 들어오고 있는 것일까? 혼란스러운 내 머릿속에서는 벌써 여러 가지 궁리가 세워지기 시작했다. 가구를 2층으로 옮겨와 뗏목을 만들어야지.

정신을 차린 나는 문득 그것이 물소리가 아니라는 것을 깨달았다. 물소리와는 거리가 먼, 자동차의 모터 소리와도 같은, 부릉거리는 기계음이었다.

나는 생각을 가다듬기 위해 두 눈을 떴다. 달리는 자동차에서 나는 소리는 아니었다. 하지만 그 연속음은 꽤 먼 거리에서 들려오는 것 같았다. 적어도 내게는 그렇게 느껴졌다. 소리의 강도로 보아 여러 개의 장애물을 지나 내 귀에까지 들려온 듯했던 것이다.

나는 벌목꾼들이 근처의 숲속에서 나무를 켜고 있다고 결론을 내렸다. 5분쯤 후 나는 그런 추리가 타당하지 않다는 것을 깨달았다. 어째서 이런 시간에 벌목꾼들이 일을 한단 말인가? 게다가 이 규칙적인 모터 소리는 절단기의 소음과는 전혀 달랐다.

마침내 나는 침대를 빠져나왔다. 나는 낡은 신발과 짤막한 외투를 걸치고 〈우리 집〉을 나왔다. 그 소리는 이웃집에서 들려오고 있었다. 하지만 이웃집의 창문들은 모든 불이 꺼져 있음을 알려 주고 있었다.

나는 발전기를 돌리는 모양이라고 결론지었다. 그런

데 이상한 섬은 전에는 한 번도 그 소리를 들은 적이 없다는 사실이었다. 게다가 하필이면 한밤중에 발전기를 가동시키다니! 하긴 그런 심술쟁이가 하는 일이니 놀랄 필요도 없지.

틀림없었다! 이웃집 남자는 4시부터 6시까지 우리를 괴롭힐 수 없게 되자, 그것을 벌충하기 위해 한밤중에 발전기를 가동시킨다는 이상적인 방법을 찾아낸 것이었다.

빌어먹을 자식! 이런 가소로운 방법을 동원하다니 그자답군. 왜냐하면 결국 이 한밤중의 소음으로 가장 먼저 고통을 받는 것은 그 자신일 테니까. 그의 침대에서는 그 소리가 열 배는 더 크게 들리리라. 그러니까 그 일은 요컨대 지난번 일과 방법상 똑같았다. 매일 우리 집에 들이닥쳐서 두 시간씩 보내는 것은 우리 이상으로 그 자신에게도 귀찮은 일일 터였다. 그는 이런 좌우명을 갖고 있는 것 같았다. 〈내 삶을 망쳐 버리자, 그러면 다른 사람의 삶 역시 망쳐 버릴 수 있을 테니까.〉

나는 큰 소리로 외쳤다. 「이 불쌍한 친구야, 이런 새로운 방법을 동원하면, 우리가 방해를 받으리라고 생각했겠지! 하지만 쥘리에트의 잠자는 모습을 좀 보라고. 불면증이 없었다면, 나 역시 이런 발전기 소리 같은 건 듣지 못했을 거야! 하지만 당신은 지금쯤 원자로 속에 들어가 있는 것 같겠지!」

원기를 회복한 나는 시내를 가로지르는 작은 다리를 건너 이웃집 뜰로 들어섰다. 얼마나 아름다운 밤인가! 창공에는 에보나이트 빛깔의 구름뿐 별 하나 없었고, 바람 한 점 불지 않았다. 봄은 아직 대기 속에 웅크리고 있었다.

이웃집 건물을 돌아가자 차고에 불이 켜져 있는 것이 보였다. 바로 그곳에다 발전기를 놓아둔 모양이었다. 게다가 그 소리는 바로 거기에서 들려오고 있었다. 이웃집 남자는 차고의 전등을 끄는 것을 잊어버린 것 같았다.

나는 그 발전기를 살펴보기 위해 창가로 다가갔다. 차고 안이 연기로 가득 차 있었으므로 그 안에서 무슨 일이 벌어지고 있는지를 파악하는 데에는 한참이 걸렸다. 부릉거리며 돌아가고 있는 것은 자동차의 엔진이었다.

다음 순간 나는 사태가 어찌된 것인지 깨달았다. 나는 차고 문으로 달려갔다. 문은 안에서 잠겨 있었다. 나는 창문으로 달려가 팔꿈치로 유리를 깨고 벽을 기어올라 차고 안으로 뛰어내렸다. 그러고는 자동차의 시동을 끄고 바닥에 널브러져 있는 사람에게 눈길을 줄 겨를도 없이 즉각 차고 문을 올렸다.

그런 다음 나는 팔라메드의 겨드랑이를 잡아 차고 밖으로 끌어냈다.

맥박은 아직 뛰고 있었지만, 그 뚱뚱한 사내의 상태는 위험한 것 같았다. 그의 안색은 잿빛이었고, 침 섞인 토사물 같은 것이 그의 턱을 덮고 있었다. 어떻게 한다? 의사는 바로 그가 아닌가! 라틴어와 그리스어를 가르치는 내가 그를 살릴 수는 없었다.

구급대에 전화를 해야 했다. 그의 집에서 전화를 걸 순 없었다. 혹시 베르나데트와 부딪칠까 두려웠다. 나는 집으로 달려가 구급차를 불렀다. 〈구급차를 보내겠습니다〉 하고 대답하는 소리가 들려왔다. 하지만 빌어먹을, 제일 가까운 병원이 보베르에 있는 것이었다.

신경이 곤두선 채 미칠 것 같은 심정으로 나는 이웃집 남자에게로 돌아갔다. 그는 헐떡이고 있는 것 같았다. 그것이 좋은 징조인지 나쁜 징조인지 나로서는 알 수 없었다. 나는 그의 팔을 잡아 흔들었다. 그렇게 함으로써 그를 살려 낼 수 있는 것처럼.

나는 그에게 욕설을 퍼붓기 시작했다.

「심술쟁이 같으니라고! 별짓을 다 하는군, 안 그래?

우리를 귀찮게 하기 위해서라면 무슨 짓이든 하겠지!
이런 식으로 넘어갈 순 없어, 이 작자야! 당신을 죽게
내버려 두지 않을 테니까 말야, 알겠어? 이 세상에 당
신처럼 너절한 자식도 없을 거야!」

내 욕설은 그에게 그다지 효과를 발휘하지 못하는
것 같았다. 하지만 그 저주의 말은 나 자신에게는 효과
를 발휘했다. 나는 말을 멈출 수가 없었다.

「당신은 어떤 걸 상상했지? 여긴 연극 무대가 아니
잖아! 끝내고 싶다고 해서 막만 내리면 되는 줄 알아?
게다가 연극이 그렇게 지독했던 건 바로 당신 탓이야!
나 역시 무기력하고 못난 인간이야. 사람은 자기 안에
정체되어 있는 커다란 덩어리를 갖고 있지. 삶에 대해
적극적인 자세를 잃고 체념하는 순간 그게 밖으로 나
오는 거야. 사람은 그 누구도 아닌, 바로 자기 자신의
희생물일 뿐이야. 불구자와 결혼했기 때문에 미칠 수
밖에 없었다는 건 허울 좋은 구실일 뿐이야. 당신이 그
여자와 결혼한 이유는 그 여자를 당신의 반쪽으로, 당
신의 이상으로 여기는 멍청이가 당신 안에 있었기 때문
이야. 베르나데트는 애당초 당신과 천생연분이었단 말
이야! 당신네처럼 잘 어울리는 부부는 본 적이 없어.
자기 인생의 여자를 찾은 사람은 자살 같은 건 하지 않

잖아! 그렇고말고. 당신이 죽으면 그 여자는 어떻게 되겠어? 당신 집 차고를 가스실로 만들기 전에 그 점을 생각해 봤어? 도대체 무슨 생각으로 이런 짓을 저지른 거야? 우리가 그 여자를 돌봐 주리라고 생각했나? 또 어떤 생각을 했지? 우리를 어떤 사람들이라고 생각했지? 구세군인 줄 알았나?」

나는 머리가 어떻게 된 사람처럼 점점 더 큰 소리로 악을 쓰고 있었다.

「또, 의사라는 작자가 무슨 생각에서 하필 이런 자살 방법을 택한 거지? 그 흔한 수면제도 없어? 그래, 당신은 가장 혐오스러운 방법을 택해야 했을 거야. 모든 것에 대한 몰취미, 그게 바로 당신의 좌우명이니까. 적어도…… 그래, 적어도 이 방법에는 빠져나갈 구멍이 있었던 거야! 만약 당신이 약을 먹었거나 목을 맸다면 내게 아무런 소리도 들리지 않았겠지. 하지만 저 고물 차를 동원할 경우 운이 좋으면 내 덕에 생명을 구할 수 있었어. 그리고 나는 언제나처럼 그 함정에 빠지고 말았지. 왜 내가 당신을 도로 차고 안으로 끌어다 놓고 다시 자동차의 시동을 켠 다음 나와서 문을 닫지 못하는 걸까. 그래, 당신을 도로 차고 안으로 끌고 들어가지 못할 이유가 어디 있겠어?」

그 순간 구급차의 사이렌 소리가 들려오지 않았다면, 광기 속에서 나는 정말 그런 짓을 저질렀으리라.

구조대원들이 그를 차에 실었다. 차는 시끄러운 소리를 내며 다시 출발했다.

나는 그들에게 나도 데려가 달라고 사정할 뻔했다. 내 안의 무엇인가가 더 이상 제대로 움직이지 않고 있었다. 나는 비틀거리며 〈우리 집〉으로 갔다. 쥘리에트는 잠에서 깨어 겁에 질려 있었다. 구급차의 사이렌 소리에 잠을 깬 모양이었다. 특별한 배려 같은 것 없이 나는 그녀에게 있는 대로 사건을 설명했다. 그녀는 안색이 창백해지더니 의자에 털썩 주저앉았다. 그녀는 두 손으로 얼굴을 가리며 중얼거렸다.

「그런 무서운 일이! 그런 무서운 일이!」

그녀의 반응은 나를 미치게 하기에 이르렀다.

「〈무시무시한 괴물!〉이라고 말하고 싶은 거겠지. 그 자를 동정하는 건 용납할 수 없어. 그자가 이런 희극을 연출한 건 단지 우리를 귀찮게 하기 위해서라는 걸 모르겠어?」

「하지만 여보……」

「당신은 아직도 그자가 어떤 인간인지 모르고 있군! 나는 바보처럼 그의 연극에 말려든 거야. 이제 그자는 순교자라도 된 양 당당하게 굴겠지. 그를 죽게 내버려 두었어야 했는데. 나는 우리가 그자로부터 벗어날 수 있는 둘도 없는 기회를 놓쳐 버렸을 뿐 아니라 이제부터는 구명견처럼 언제나 그를 책임져야 하게 됐어.」

쥘리에트는 겁에 질린 얼굴로 나를 응시했다. 그녀가 내게 냉정한 어조로 말한 건 60년 만에 처음이었다.

「당신이 지금 무슨 말을 하고 있는지나 알아? 괴물은 바로 당신이야! 어떻게 그런 끔찍스러운 생각을 할 수 있어? 만약 당신에게 불면증이 없었다면, 당신은 아무 소리도 듣지 못했을 거고, 그는 죽고 말았을 거야. 당신이 금방 한 말은 살인자나 할 수 있는 말이야.」

「살인자라니! 내가 그의 목숨을 구해 주었다는 사실을 잊었어?」

「그건 당연히 해야 할 일이었어! 무슨 일이 일어나고 있는지 알게 된 순간 그건 당신의 의무가 된 거야. 만약 당신이 그를 죽게 내버려 두었다면, 당신은 살인자가 되는 거지. 그러니까 당신이 금방 한 말은 정말 비열해.」

내가 그자를 다시 가스실로 데리고 들어가려 했다는 것을 아내가 안다면 어떤 표정을 지을까, 하고 나는 생각했다. 이제 나는 나 자신이 불만스럽게 여겨졌다.

「그런데 베르나데트는?」 그녀가 어조를 가라앉히고

물었다.

「그 여자는 못 봤어. 내 생각에 그녀는 아무것도 모르고 있는 것 같아.」

「그녀에게 알리지 않아도 될까?」

「그 여자가 말을 알아들을 것 같아? 지금 그녀는 분명히 자고 있을 거야. 그녀 입장에서는 다행이지.」

「내일 잠에서 깨면 그가 집 안에 없다는 걸 알게 될 거야. 그러면 겁에 질리겠지.」

「내일 생각하자.」

「그러니까 당신은 다시 자리에 누워 잠을 청하자는 거로군! 이런 일이 일어났는데 어떻게 잠이 오겠어!」

「그럼 어떻게 하면 좋겠어?」

「당신은 병원으로 가고 난 옆집으로 가야지.」

「당신 제정신이야? 그 여자는 당신 몸집의 다섯 배는 될 거야. 당신을 죽일 수도 있다고!」

「그 여자는 사람을 공격하지 않아.」

「당신이 걱정돼서 난 견딜 수가 없을 거야. 내가 옆집에 가겠어. 병원엔 안 가도 될 거야.」

「나도 같이 갈게.」

「아니야. 우리 집에 사람이 있어야 해. 구급대원들에게 우리 집 전화번호를 알려 줬거든.」

「그럼 가서 그녀를 돌봐 쥐. 그 여자가 잠에서 깼을 때 누군가 곁에 있어야 해. 남편이 집에 없다는 것을 알고 불안해하지 않도록 말이야.」

「내 생각엔 우리가 그 사람들에게 지나치게 잘해 주는 것 같아.」

「에밀, 이건 최소한의 의무잖아! 당신이 가지 않겠다면 내가 가겠어.」

나는 한숨을 내쉬었다. 비단결 같은 마음씨를 가진 아내를 둔 것은 이런 상황에서 도움이 안 된다. 하지만 적어도 한 가지 점에서는 아내의 말이 옳았다. 잠이 오지는 않을 터였다.

나는 손전등을 켠 채 전선으로 떠나는 병사 같은 심정으로 아내를 포옹했다.

이웃집 차고에서 집 안으로 통하는 문은 안에서 잠겨 있지 않았다. 나는 집 안으로 들어갔다. 손전등의 불빛이 주방을 비췄다. 역겨운 냄새가 내 폐를 가득 채웠다. 베르나르댕 부부가 무엇을 먹었는지 나는 차마 상상할 수가 없었다. 음식 찌꺼기가 바닥에 어지럽게 흩어져 있었다. 나는 그것이 무엇인지 알아보고 싶지도 않았다. 내 머릿속에는 오직 한 가지 생각밖에 없었다. 한시라도 빨리 그 쓰레기통을 빠져나가 숨쉴 만한 공기를 호흡해야겠다는.

나는 주방을 나와 그 곰팡내가 퍼져 나오지 않도록 문을 닫았다. 하지만 소용없는 일이었다. 거실에도 똑같은 악취가 진동하고 있었다. 고약한 냄새였다. 어떻게 이런 데서 인간이 살 수 있단 말인가? 게다가 의사라는 자가 어떻게 가장 기본적인 위생 법칙을 이렇게까지 무시할 수 있단 말인가?

내 코는 그 냄새의 성분을 분석해 냈다. 묵은 파 냄새, 상한 지방 냄새, 시큼한 땀 냄새가 주종을 이루고 있었다. 가장 특이하고 가장 역겨운 것은 녹슨 금속에서 나는 것 같은 지독한 악취였다. 그 냄새야말로 가장 견디기 어려웠다. 왜냐하면 그것은 사람 냄새도, 동물 냄새도, 식물 냄새도 아니었던 것이다. 나는 그렇게 이상한 냄새는 맡아 본 적이 없었다.

나는 스위치를 발견하고 불을 켰다. 눈앞에 펼쳐진 광경에 나는 웃음이 터져 나올 것 같았다. 몰취미도 이 정도에 이르면, 웃음밖에 나오지 않는 법. 그러면서도 나는 놀라지 않을 수 없었다. 대개 키치적인 실내 장식은 오히려 극도로 안락하고 지나친 푹신함을 선사한다. 그것을 가리켜 독일인들은 〈기분 좋은 것〉이라고 하지 않는가. 하지만 그 집 안은 차장이 실내 장식을 한 전차 안 같았다. 불결하고 냉랭하고 우스꽝스러웠던 것이다.

벽에는 그림 한 장 걸려 있지 않았다. 다만, 스탈린의 초상화처럼 요란스러운 액자에 끼워진 팔라메드의 의사 면허장만이 덩그러니 걸려 있을 뿐이었다. 샤를뤼스[19]와 같은 이름을 가진 인물의 감각이 이렇게까지 혐오스럽고 저속하다니 정말 어이없는 일이 아닌가!

폭소가 터지려는 순간 머릿속에 내 임무가 떠올랐다. 나는 2층으로 올라갔다. 층계에는 먼지투성이의 카펫이 깔려 있었다. 층계 꼭대기에 도착한 나는 그 자리에 서서 귀를 기울였다. 헐떡임 같은 소리가 들려왔다.

나는 도망치고 싶은 충동에 사로잡혔다. 그 둔탁한 소리는 코고는 소리와는 달랐다. 동물이 교미할 때 내는 소리를 연상시켰다. 나는 그럴 리가 없다고 부인했다. 그런 일은 생각할 수조차 없었던 것이다.

복도에서 가장 가까운 방문을 열자 잡동사니가 가득 쌓여 있었다. 두 번째 방 역시 그러했다. 마지막 방

19 마르셀 프루스트의 『잃어버린 시간을 찾아서』에 등장하는 인물. 여성적인 면과 남성적인 면, 열정과 무관심을 동시에 지닌 미묘한 개성의 소유자.

은 욕실이었다. 사태는 분명했다. 잡동사니가 쌓여 있는 방 중의 하나가 침실일 터였다.

나는 두 번째 방으로 돌아가 문을 열었다. 그곳에서 들려오는 헐떡이는 소리로 내가 제대로 방을 찾았음을 알 수 있었다. 나는 겁에 질린 채 베르나데트의 처소로 들어갔다. 내가 비춘 전등 불빛에 정체를 알 수 없는 물건들이 모습을 드러냈다. 이윽고 손전등의 불빛은 매트 위에 누워 있는 움직이는 살덩어리 위에 멈췄다.

바로 그 여자였다. 그녀의 눈까풀은 감겨 있었다. 그 동물 울음소리 같은 것이 잠든 그녀의 호흡과 일치하자, 나는 마음이 놓였다. 그녀는 자고 있었다.

나는 불을 켰다. 보기 흉한 전등으로부터 수술실의 불빛 같은 빛이 퍼져 나갔다. 베르나르댕 부인은 여전히 잘 자고 있었다. 자신이 내는 그 정도의 소리에 잠을 깨지 않는 이상 그 어떤 소리에도 방해받지 않을 터였다.

그들 부부는 방을 따로 쓰고 있었다. 나는 잡동사니가 쌓여 있는 또 하나의 방이 바로 팔라메드의 방이라는 결론을 내렸다. 살덩어리의 침대로 쓰이는 넝마 더미 위에는 다른 사람, 특히 뚱뚱한 사내가 누울 만한 공간이 없었다.

이유는 알 수 없었지만 나는 그들이 한 침대를 쓰지

않는다는 사실에 마음이 놓였다. 더욱이 잘된 일이었다. 한 침대를 쓰지 않는 덕택에 베르나데트는 남편의 자살 시도를 모른 채 여러 시간을 평화롭게 잠잘 수 있었으니까.

나는 그녀 옆에 놓여 있는, 합성 섬유로 된 쿠션 의자에 앉아서 그녀를 관찰하기 시작했다. 내 앞에는 커다란 괘종시계가 새벽 4시를 가리키고 있었다. 팔라메드가 우리 집에 오던 때와 정확히 12시간 차이 나는 시각에 내가 그 집에 들어왔다는 데 생각이 미치자 웃음이 나왔다. 그 순간 나는 그 방에 괘종시계 세 개와 따르릉 시계 한 개가 있다는 사실을 깨달았다. 그 시계들은 모두 초침까지 맞추어져 있었다. 방금 지나온 거실과 층계와 복도를 돌이켜 보자, 거기에도 역시 괘종시계들이 걸려 있었던 것이 생각났다. 그 시계들 역시 베르나데트 방의 시계들처럼 정확히 맞추어져 있었다.

초침까지 정확히 맞추어진 시계들이 그렇게 여러 개 있다는 것만으로도 충분히 이상했지만, 그것들이 난장판 한가운데에 자리잡고 있다는 사실은 더욱 충격적이었다. 그들의 거처는 환기라고는 한 적이 없는 듯 더럽기 짝이 없었고, 방마다 판지 상자들과 지저분한 물건들로 가득 차 있었다. 될 대로 되라는 식의 그 음산하기 짝이 없는 공간에서 누군가 사방에 시계를 걸어 놓고 병적으로 정확하게 시간을 맞추어 놓다니.

나는 팔라메드가 언제나 정시에 우리 집에 도착했던 이유를 알 수 있었다. 그가 자살하기에 적당한 실내를 원했다면, 그 이상 좋은 장소를 찾아낼 수 없었으리라. 그 집은 끔찍하고 절망적이고 악취 나고 기괴하고 더럽고 불편했다. 그리고 무엇보다도 초침까지 정확하게 맞추어진, 시간이 우리를 압박하고 있다는 사실을 환기시키는, 방마다 다섯 개씩 걸려 있는 그 시계들이야 말로 바로 지옥이었다.

베르나르댕 부인이 꺽꺽대는 소리에 나는 다시 그녀에게로 주의를 돌렸다. 천식 증세가 있어서 그렇게 헐떡이는 것일까? 그녀의 평화로운 모습은 그 소리와는 대조적이었다. 나는 그녀를 관찰했다. 그녀의 거대한 가슴이 열기구처럼 한껏 부풀어 올랐다가는 단숨에 가라앉는 일이 반복되면서 그때마다 그런 괴상망측한 소리가 들려왔다. 그러므로 불안해할 필요가 없었다. 그것은 생리 현상일 뿐이었다.

돌이켜 보건대 나는 잠자는 사람을 그렇게까지 골똘히 들여다본 적이 없었다. 그녀는 자는 일에 몰두하고 있는 것 같았다. 나는 그녀의 얼굴에 떠오른 표정을 살

펴보면서 거기서 진정한 쾌감을 발견하고는 얼떨떨해
지지 않을 수 없었다. 복도에서 그 소리를 듣고 쾌락의
절정에서 나오는 동물의 신음으로 혼동했던 기억이 떠
올랐다. 그 추리는 빗나갔지만, 실제로 베르나데트는
쾌감을 느끼고 있는 것 같았다. 잠이 그녀를 즐겁게 해
주고 있었다.

그 사실에 나는 기묘한 감동을 느꼈다. 그 거대한 살
덩어리가 희열을 맛보고 있다는 사실에는 감동적인 무
엇인가가 있었다. 나는 베르나르데트가 그녀의 남편보
다 우위에 있다는 생각을 하며 소스라쳤다. 즐거움을
느끼는 한 그녀의 삶은 공허하지 않았다. 그녀는 자는
것을 좋아하고 먹는 것을 즐겼다. 그 행위가 고상한가
그렇지 않은가는 중요하지 않았다. 그 근원이 어디든
간에 쾌락이란 사람을 고양시키는 법이 아니던가.

하지만 팔라메드는 아무것도 좋아하지 않았다. 그
가 잠자는 모습을 본 적은 없었지만, 다른 모든 일에
그런 것처럼 그는 잠도 마지못해 잘 터였다. 처음으로
나는 우리가 사태를 거꾸로 보고 있었다는 것을 깨달
았다. 45년 동안 함께 살아온 데 대해 불평을 해야 할
사람은 그가 아니라 바로 그녀였다. 그녀가 여러 가지
감정을 느낄 수 있을지 나는 궁금했다. 그녀는 자기 남

편이 자살을 시도했었다는 소식을 어떻게 받아들일까? 그녀는 그 말뜻을 이해할 수 있을까?

나는 그녀에 대해 애정과도 흡사한 감정을 느끼며 중얼거렸다.

「그가 죽었다면, 누가 당신을 돌봐 주겠소? 당신 손으로, 요컨대 그 문어발 같은 손으로, 당신 자신을 돌볼 수 있겠소? 하루하루를 무얼 하며 보낼 테요? 줄곧 먹고 자기만 하면서 살 수는 없으니 말이오. 당신을 보면 누가 생각나는지 아시오? 우리 할머니가 기르시던 레진이라는 암캐가 생각난다오. 어린아이였을 때 나는 그 개를 몹시 좋아했소. 그 몸집 큰 늙은 개는 하루의 반은 먹는 데 보내고 나머지 반은 자는 데 썼다오. 그 개는 먹을 때에만 잠에서 깼고, 먹기를 마치자마자 잠 속으로 빠져들었소. 10미터라도 그 개를 움직이게 하려면 끌고 가야 했소. 당신도 바로 레진과 똑같이 시간을 보내고 있지 않소?」

나는 50년 넘게 그 뚱뚱한 개를 잊고 있었다. 나는 그 추억을 떠올리며 미소를 지었다.

「사람들은 그 개를 비웃었지. 하지만 나는 그 개가 좋았소. 나는 그 개를 관찰했소. 그 개는 오직 쾌락만을 위해 살기로 작정한 것 같았소. 먹이를 먹을 때면 그 개의 꼬리가 팔딱거리곤 했소. 잠을 잘 때면 꼭 당신 같았소. 몸이 쾌락으로 부풀어 오르곤 했다오. 그러니까 그 개와 당신은 철학자라오.」

내가 보기에 누군가를 동물에 비교한다고 해서 그 사람을 모욕하는 것으로 볼 수는 없었다. 그리스어와 라틴어로 된 글을 애독하는 사람이라면 누구든지 인간이 특정한 〈계(界)〉에 속한다는 사실을 알고 있으리라. 그것이 〈동물계〉임을 밝힐 필요도 없으리라. 왜냐하면 인간계라는 것은 아예 없으니까. 말이란 얼마나 정확한가.

나는 애정 어린 눈길로 베르나르댕 부인을 응시했다. 비곗덩어리를 부풀리며 자고 있는 그녀의 모습은 너무나도 평화로웠다. 나는 그녀가 영원히 깨어나지 않았으면 하고 바라기까지 했다.

믿을 수 없는 일이 일어나고 있었다. 불면증에 시달리던 내가, 특히 그날 밤에는 한잠도 잘 수 없었던 내가 베르나데트의 헐떡이는 소리를 자장가 삼아 그 합성섬유로 된 쿠션 의자 위에서 잠이 들었던 것이다.

나는 소스라치게 놀라 잠에서 깼다. 매트 한구석에서 살덩어리가 나를 바라보고 있었다. 그 여자는 조그

맞게 꾸르륵 소리를 내며 친밀감을 표시했다.

여러 개의 괘종시계가 굉음을 내며 아침 8시임을 알려 주었다. 나는 내 임무를 떠올렸다. 당황한 모습으로 나는 조심스럽게 말을 시작했다.

「부인…… 당신의 남편에게 자그마한 사고가 있었습니다. 그는 지금 병원에 있습니다. 걱정하실 필요는 없습니다. 위험한 고비는 넘겼으니까요.」

베르나르댕 부인은 아무런 반응도 보이지 않았다. 그녀는 내게서 눈을 떼지 않고 있었다. 나는 설명이 필요한 모양이라고 생각했다.

「그는 자살을 시도했습니다. 제가 막았지요. 아시겠습니까?」

나는 그녀가 내 말을 알아들었는지 못 알아들었는지 도저히 알 수가 없었다. 그녀는 매트 위에 고개를 내려놓았다. 시인이 그 광경을 보았다면 그녀가 생각에 잠겨 있다고 하리라. 실제로 그녀는 미동도 하지 않았다.

맥이 빠지고 용기가 꺾이고 당황한 나는 자리에서 일어섰다. 어쨌든 내 의무는 완수한 셈이었다. 더 이상 무슨 일을 한단 말인가?

이웃집을 나오자 깨끗한 공기가 나를 놀라게 했다. 햇빛보다 공기에 더 눈이 부셨다. 그런 구역질 나는 집 안에서 어떻게 숨을 쉴 수 있었을까? 살아 있다는 것이 좋은 일처럼 느껴졌다.

집 안으로 들어가자 쥘리에트가 내 품 안으로 달려 들었다.

「여보, 무서워서 혼났어!」

「병원에서 소식이 있었어?」

「응, 그 사람은 괜찮대. 모레 퇴원할 거라던데. 의사 들이 그에게 자살 동기를 물어봤는데, 그는 아무 대답 도 하지 않았대.」

「어련하겠어!」

「또 그런 짓을 저지를 거냐고 물었더니, 그러지 않겠 다고 대답하더래.」

「그거 잘됐군. 그 사람이 의사라는 걸 의사들이 알고 있어?」

「난 전혀 모르겠는걸. 왜? 그렇다면 뭐가 달라져?」

「의사가 자살을 시도했다면 더 관심을 보일 것 같아 서 그래.」

「보통 사람이 자살했을 때보다?」

「그럴 거야. 어떤 점에서 보면 그건 히포크라테스 선 서에 어긋나는 거니까.」

「그보다 베르나데트가 어떤 반응을 보이는지 말해 줘.」

나는 지난 몇 시간 동안 있었던 일을 이야기하기 시작했다. 나는 신이 나서 이웃집의 내부 풍경을 묘사했다. 쥘리에트는 혐오에 찬 비명을 지르면서 킥킥거렸다.

「우리가 그녀를 돌봐 줘야 하지 않을까?」 아내가 물었다.

「어떻게 해야 좋을지 전혀 모르겠어. 그 여자를 편안하게 해주는 게 아니라 오히려 불편하게 할지도 모르잖아.」

「적어도 식사는 하게 해줘야 되잖아. 그 여자에게 수프를 만들어다 주는 게 어떨까.」

「초콜릿 시럽 말야?」

「그건 후식으로 하지. 그것 말고 커다란 냄비에 야채 수프를 끓이는 거야. 그 여자는 대식가일 것 같아.」

「그 여자에겐 잔칫날이 되겠군. 남편이 없는 이틀 동안 그녀는 멋진 시간을 보내게 될 것 같아.」

「누가 알겠어? 어쩌면 그녀는 남편을 사랑하고 있을지도 몰라.」

나는 아무 대답도 하지 않았지만, 팔라메드를 사랑한다는 것이 불가능하게 여겨졌다.

우리는 모브의 식품점에 가서 그곳의 야채를 거의

다 사들였다. 마을로 돌아오는 길에 우리는 수프 냄비를 하나 샀다. 나는 그 냄비 속에서 엄청난 양의 수프가 끓는 것을 바라보았다. 파와 셀러리 조각들이 수프 위로 밀려 올라왔다. 해초와 플랑크톤이 넘실거리는, 폭풍우에 휘말린 바다의 한 장면 같았다. 나는 바닷물을 연상시키는 그 묽은 죽이 살덩어리의 입속으로 들어간다고 상상해 보았다. 양에서든 질에서든 명실상부한 고래의 식사였다.

정오 무렵 쥘리에트와 나는 시냇물 저편으로 쟁반을 날랐다. 그 일은 두 사람이 하기에도 벅찼다. 쟁반 위에는 수프가 담긴 큰 냄비와 초콜릿 시럽이 담긴 작은 냄비가 놓여 있었다. 주방으로 들어서며 아내는 혐오에 찬 웃음을 터뜨렸다.

「당신이 말한 것보다 더 심한걸!」

「냄새가 그렇다는 거야, 아니면 모습이 그렇다는 거야?」

「둘 다!」

아래층에는 아무도 없었다. 우리는 2층으로 올라갔다. 베르나르댕 부인은 줄곧 매트 위에 있었던 모양이었다. 그녀는 자는 것도 아니었고, 뭔가를 하고 있는 것도 아니었다. 고요가 행동을 대신하고 있었다. 쥘리에

트는 나를 놀라게 하는 진심 어린 목소리로 말을 시작
했다.

「부인, 그동안 당신 생각을 많이 했어요. 이렇게 꿋
꿋하시다니 정말 놀랍군요. 병원에서 전화가 왔어요.
당신 남편은 괜찮을 거래요. 모레 집으로 돌아온다더
군요.」

그녀가 그 말을 알아들었는지, 아니 듣기라도 했는
지 알 방법이 없었다. 그녀는 작은 냄비를 뚫어져라 바
라보며 내 아내의 입맞춤에 건성으로 응했다. 그녀는
냄새를 맡자마자 그 안에 무엇이 들었는지 알아차린
것 같았다. 그렇게 조용했던 그녀가 희열의 대상을 향
해 문어발을 뻗으며 소리를 지르기 시작했다.

「그래요, 두 가지 수프를 만들어 왔어요. 큰 냄비에
담긴 것부터 먹어야 해요. 작은 냄비에 있는 건 후식이
에요.」

뚱보는 그 말을 들으려 하지 않았다. 음식의 순서를
바꾼들 어떻겠는가? 쥘리에트가 그녀에게 소스 냄비를
넘겨주었다. 이웃집 여자는 발을 구르며 정신없이 침
을 흘리기 시작했다. 문어발 같은 그녀의 두 손이 보물
인 양 그 냄비를 움켜쥐더니 자기 입에 갖다 댔다. 그녀
는 멧돼지와 향유고래 사이에서 태어난 동물 같은 모

습으로 흥흥거리며 단숨에 그 안의 것을 들이마셨다.

그 쾌락의 장면은 흐뭇한 동시에 역겨웠다. 아내의 한쪽 입가는 웃고 있었고, 또 한쪽 입가는 구역질을 참느라 경직되어 있었다.

살덩어리가 빈 냄비를 내려놓았다. 그녀는 냄비 안쪽을 핥기 시작했다. 이윽고 냄비 안이 얼룩 하나 없이 반짝거렸다. 기다란 혀가 다시 나오더니 자신의 턱과 입술 위를 핥았다. 그 순간 감동적인 일이 일어났다. 베르나르댕 부인이 한숨을 내쉬었던 것이다. 다 먹어 치웠다는, 실망이 곁들여진 만족에 찬 긴 한숨이었다.

쥘리에트는 야채수프를 그릇에 담아 그녀에게 내밀었다. 베르나데트는 호기심이 동한 듯 킁킁 냄새를 맡은 다음 한차례 핥아 보았다. 우리의 묽은 죽이 그런대로 마음에 든 모양이었다. 그녀는 개수대에 물 내려가는 소리를 내면서 꿀꺽꿀꺽 수프를 마셨다.

「수프를 체에 거를걸.」 푸른 야채 조각들이 해변으로 밀려온 해초처럼 그녀의 입속으로 들어가는 대신 턱에 붙어 있는 것을 보고 아내가 말했다.

이윽고 이웃집 여자는 멜빌의 『모비 딕』을 연상시키는, 바다 냄새가 날 듯한 트림을 하고는 다시 매트 위에 몸을 뉘었다. 그녀의 시선 속에 여왕이자 어머니 같은 표정이 스쳐 간 것 같았다. 그 표정은 자신의 시종들에게 이렇게 말하고 있었다.

〈고맙도다, 착한 백성들이여, 이제 물러가도 좋다.〉

그녀는 두 눈을 감고 곧장 잠이 들었다. 자면서 내는 헐떡이는 소리가 세탁기 소리처럼 요란스러운 배 속의 소리에 어우러지고 있었다.

측은하고 당혹스러운 심정으로 내가 속삭였다.

「냄비는 여기 두고 가자고.」

다음 날 쥘리에트는 수프를 체에 걸렀다.

이틀에 걸쳐 우리는 냄비가 비워지고 그 내용물이 부인의 몸속으로 들어가는 것을 보았다. 그녀는 용변 볼 때를 제외하고는 자기 방을 떠나지 않았다. 그 일까지 도와주지 않아도 된다는 것에 우리는 크게 마음을 놓았다.

「내 생각을 말하자면, 베르나데트는 자신의 일생에서 가장 행복한 나날을 보내고 있는 것 같아.」

「정말 그럴까?」 아내가 물었다.

「그럼. 우선 당신이 만든 요리가 그 여자 남편이 만든 것보다 훨씬 맛있잖아. 음식은 그녀의 삶에서 무척 중요한 거니까 그녀에게는 그 변화가 눈부신 혁명처럼 느껴질 거야. 하지만 더 근사한 게 있지. 바로 우리가 그녀를 내버려 둔다는 거야. 팔라메드라면 별 이유도 없는데 억지로 그녀를 자리에서 일으켜서 거실로 내려오게 할 텐데 말이야.」

「왜 그러는 걸까?」

「그녀를 귀찮게 하려는 거야. 그자가 생각하는 건 그것뿐이니까.」

「어쩌면 그녀를 씻기기 위해서일지도 몰라. 아니면 옷을 갈아입히기 위해서든가.」

나는 베르나르댕 부인이 입고 있던 잠옷을 떠올리곤 웃음을 터뜨렸다. 들꽃 무늬 폴리에스테르 천에 작고 촌스러운 레이스 깃이 달린 엄청나게 큰 원피스 잠옷이었다.

「그녀를 목욕시켜야 하지 않을까?」 쥘리에트가 물었다.

한순간 나는 욕조를 가득 채운 희끄무레한 살덩이를 머릿속에 떠올렸다.

「그 일은 그 여자 남편에게 맡기자.」

다음다음 날 병원에서 전화가 왔다. 그 여자의 남편

을 데려가도 좋다는 것이었다.

「나 혼자 갈게. 당신은 살덩어리가 먹을 수프를 만들어야 하잖아.」

운전석에 앉은 나는 그를 찾으러 간다는 것이 이치에 맞지 않는다는 것을 깨달았다. 〈그를 병원에 맡겨야하는 것이 아닐까〉 하고 나는 생각했다.

병원 사무처에서는 내용을 알 수 없는 서류 뭉치에 서명을 하라고 했다. 베르나르댕 씨는 멀쩡한 얼굴로 복도에서 나를 기다리고 있었다. 그가 앉은 의자 위를 우주의 권태가 짓누르고 있었다. 나를 보자 그는 언제나처럼 심술궂은 표정을 지었다. 그는 한마디 말도 없이 육중한 몸을 일으켜서는 내 뒤를 따라왔다. 간호사들이 그의 옷을 세탁하지 않은 모양이었다. 그의 옷에는 아직도 토사물 자국이 얼룩져 있었다.

집으로 돌아오는 차 안에서 그는 한마디도 하지 않았다. 그 편이 내게는 좋았다. 나는 그가 없는 동안 그의 아내에게 음식을 가져다주었노라고 말했다. 그는 그 어떤 말에도 반응을 보이지 않은 채 허공만 응시하고 있었다. 가스 중독 때문에 그나마 남아 있던 정신까지 어떻게 된 것이 아닌지 의심스러웠다.

그날은 날씨가 청명했다. 교과서에 나오는 전형적인

177

4월 초의 날씨였다. 마테를링크의 여주인공 같은 가냘 픈 꽃들이 피어 있었다. 만약 내가 자살을 시도했다가 생명을 건진 참이었다면, 그렇게 감미로운 봄날을 보 며 눈물이 나올 정도로 감동하지 않을 수 없었으리라. 새로운 그 봄의 풍경이 다시 살아난 나 자신처럼 느껴 져, 영영 떠나고 싶었던 이 세상과 깊이 화해할 수 있었 으리라.

하지만 팔라메드는 그 모든 것에 무감각한 것 같았 다. 그는 그 어느 때보다도 마음을 닫고 있었다.

나는 그의 집 앞에 차를 세웠다. 다시 출발하면서 나 는 그에게 도와줄 것이 없겠느냐고 물었다.

「없소.」퉁명스러운 목소리가 대답했다.

그러니까 그는 자신의 어법을 잊지 않고 있었다. 그 렇게 인색하기 짝이 없는 단어 사용도 어법이라고 할 수 있다면.

입술이 뜨거워지면서 내 입에서 질문이 튀어나왔다.

「내가 당신 목숨을 구해 주었다는 건 알고 있소?」

베르나르댕 씨가 그렇게 무시무시해 보인 것은 그때 가 처음이었다. 그는 자신의 어법을 구사하는 대신, 유 능한 웅변가처럼 침묵과 시선을 활용했다. 그는 분개 한 눈빛으로 내 눈을 뚫어져라 쏘아보면서 인내력의 한계에 다다를 때까지 침묵을 지켰다. 이윽고 충분히 내 기를 죽여 놓았다고 생각했는지 그가 입을 열었다.

「그렇소.」

그런 다음 그는 몸을 돌려 집 안으로 들어갔다.

나는 간담이 서늘해진 채 집으로 돌아왔다. 쥘리에트가 그가 괜찮으냐고 물었다. 내가 대답했다.

「언제나와 똑같아.」

「어제보다 수프를 좀 더 많이 끓였어. 이웃집 거실 탁자 위에 잘 보이도록 갖다 놨어.」

「잘했어. 하지만 앞으로는 그가 알아서 하도록 내버려 두는 게 좋겠어.」

「내가 대신 요리를 해주면 혹시 좋아하지 않을까?」

「쥘리에트, 당신은 아직도 그 사람을 몰라. 그 사람은 어떤 일에도 기뻐하지 않는다니까!」

다음 날 아침 수프 냄비는 우리 집 현관문 앞에 놓여 있었다. 내용물에는 손도 대지 않은 채.

양해를 구하지 않은 친절의 결과였다.

여러 주일이 흘렀다. 내가 걱정했던 것과는 달리 이웃집 남자는 그동안 한 번도 우리 집에 오지 않았다.

그는 거의 집 밖으로 나오지 않았다. 하지만 4월의 감미로움은 일종의 도발이었다. 쥘리에트와 나는 하루에 여러 시간을 뜰에 나가 보내곤 했다. 우리는 뜰에서 점심을 먹었고, 때로는 아침 식사도 거기서 했다. 우리는 숲속을 오래도록 산책했다. 야나체크가 편곡한 스트라빈스키의 「봄의 제전」을 새들이 노래하고 있었다.

팔라메드가 집에서 나오는 것은 자동차로 마을에 갈 때뿐이었다. 장을 보는 일이 그의 사회생활의 전부였다.

5월이 찾아왔다. 계절의 여왕이 아닌가. 내가 이렇게 말하는 것에 빈정거림 같은 것은 담겨 있지 않다. 가엾은 도시인으로 살아왔던 나는 자연의 온갖 치장을 한껏 즐겼고, 아무리 평범한 것이라도 놓치지 않았다. 은방울꽃의 애교 있는 모습은 정말이지 내 마음을 두근거리게 했다.

나는 뜰을 뒤덮은 푸른빛과 하얀빛의 꽃 무리에 자극받아 아내에게 라일락 숲의 전설을 들려주었다. 쥘리에트는 그렇게 아름다운 이야기는 들어 본 적이 없노라고 말했다. 그래서 나는 매일 그 이야기를 해주어야 했다.

베르나르댕 부부는 그런 봄날의 정취에 아무런 감흥도 느끼지 못하는 것 같았다. 그들이 뜰에 나와 있는 모습은 한 번도 볼 수 없었다. 그 귀중한 악취가 빠져 달아나는 것이 두려운 듯 이웃집의 창문들은 줄곧 닫혀 있었다.

「저렇게 산다면 시골에 살 필요가 없잖아.」 쥘리에트가 말했다.

「그자가 이곳에 살기로 한 건 자기 아내를 남들에게 숨기기 위해서라는 걸 잊지 마. 팔라메드는 작은 꽃 같은 것에는 전혀 관심이 없어.」

「그렇다면 그 여자는 어떨까? 그녀는 틀림없이 꽃을 좋아하고, 꽃을 보고 기뻐할 거야.」

「그자는 그녀를 부끄럽게 여기고 있어. 그녀를 사람들에게 보이려 들지 않아.」

「하지만 우리는 이미 그녀를 봤잖아! 그리고 여긴 우리밖에는 그녀를 볼 사람이 없고.」

「베르나데트의 행복 같은 건 그의 안중에 없어.」

「뭐 그런 사람이 다 있어! 그 가엾은 여자를 가둬 놓다니! 그걸 보고만 있어야 해?」

「어쩌자는 거야? 그가 하는 일은 법에 저촉되는 일이 아닌걸.」

「우리가 이웃집에 가서 그녀를 밖으로 데리고 나온다면 법에 저촉되는 일일까?」

「그 여자가 걷는 걸 보고도 그래?」

「산책을 시키자는 게 아니야. 뜰로 데리고 나와서 꽃도 보여 주고 맑은 공기도 쐬게 하자는 거지.」

「그자가 결코 허락하지 않을걸.」

「그 사람한테 허락을 구하지 않을 거야! 그럴 필요가 없어. 이웃집에 가서 그냥 이렇게 말하는 거야. 〈우리는 베르나데트를 데리러 왔어요. 우리 집 테라스에서 오후를 함께 보내려고요.〉 그런들 무슨 문제가 생기겠어?」

내키지는 않았지만 나는 그녀의 말이 맞는다는 것을 인정하지 않을 수 없었다. 점심 식사를 한 다음 우리는 이웃집 문을 두드렸다(해가 서쪽에서 뜰 일이 아닌가). 아무도 문을 열지 않았다. 나는 그해 겨울 팔라메드가 그랬던 것처럼 세차게 문을 두드려 댔지만 그를 능가할 수는 없었다. 여전히 반응이 없었다.

「이런 작자에게 우리 집 문을 열어 줘야 한다고 생각했었다니!」 주먹이 후끈거리는 것을 느끼며 내가 소리쳤다.

결국 쥘리에트는 들어오라는 허락을 받아 냈다. 그 예순다섯 살짜리 소녀의 용기에 나는 얼떨떨해지지 않을 수 없었다. 나는 그녀의 뒤를 따랐다. 악몽과도 같은 그 집 안의 곰팡내는 더욱 심해져 있었다.

베르나르댕 씨는 여러 개의 시계에 둘러싸인 채 거실의 안락의자에 드러누워 있었다. 그는 피곤해 죽겠다는 듯한 눈길로 우리를 쏘아보았다. 우리를 마치 무단으로 이웃집을 침입하는 몰지각한 사람들로 여기고 있는 것 같았다. 다른 사람도 아닌 그가 그런 생각을 하다니 어이없는 일이었다.

우리는 그를 보지 못한 것처럼 그에게 한마디 말도 없이 2층으로 올라갔다. 살덩어리는 자기 매트 위에서 쉬고 있었다. 그녀는 하얀 데이지 꽃이 찍힌 분홍색 잠옷을 입고 있었다.

쥘리에트가 그녀의 양 볼에 입맞춤을 했다.

「부인, 우리와 함께 뜰로 나가요. 날씨가 얼마나 좋은지 몰라요.」

베르나르댕 부인은 기쁘게 우리를 따랐다. 우리는 그녀를 양쪽에서 부축했다. 그녀는 두 살짜리 아이처럼 한 칸 한 칸 층계를 내려왔다. 팔라메드 앞을 지나며 우리는 어디로 간다는 설명 같은 것은 하지 않았다. 그에게 눈길조차 주지 않았다.

베르나데트의 몸집에 맞는 의자가 없었기 때문에 나는 풀밭 위에 시트를 깔고 쿠션을 갖다 놓았다. 우리는 그 위에 이웃집 여자를 앉혔다. 그녀는 배를 깔고 누운 채 경이에 가까운 표정으로 뜰을 응시했다. 뻣뻣한 문어발 같은 그녀의 손이 데이지 꽃을 매만지고 있었다. 그녀는 꽃송이 하나를 뜯어서는 눈에 바짝 갖다 대고 들여다보았다.

「근시인 모양이군.」 내가 말했다.

「우리가 아니었다면, 저 여자는 평생 동안 데이지 꽃 하나도 제대로 보지 못했겠네?」 쥘리에트가 분개했다.

베르나데트는 처음 보는 그 꽃을 감각별로 확인했다. 처음에는 눈으로 살펴보더니, 이어 냄새를 맡아 보고, 귀에 대어 본 다음 이마를 쓸어 보고는 마지막으로 입에 넣고 씹은 다음 삼켰다.

「정말 과학적인 행동이잖아! 저 여자는 영리하다고!」 내가 흥분해서 외쳤다.

내 말을 부인하기라도 하듯 그녀는 역겨운 모습으로 기침을 하기 시작했다. 마침내 데이지 꽃이 입안에서 튀어나왔다. 그 음식이 입에 맞지 않았던 것이다.

눈물겨운 노력 끝에 그녀는 등을 바닥에 대고 돌아 누운 다음 헐떡이며 몸을 늘어뜨렸다. 두 눈이 푸른 하늘에 고정되었다. 그 순간 그녀가 행복하다는 사실만은 분명했다. 자기 침실의 어두컴컴한 천장과는 달랐던 것이다.

4시경, 쥘리에트는 집 안으로 들어가 차와 과자를 가져왔다. 그녀는 거대한 살덩이 곁으로 다가가 사블레 조각을 입속에 넣어 주었다. 우리 손님은 구구구 하고 새 우는 소리를 냈다. 과자가 마음에 들었던 것이다.

그 순간 들려온 고함 소리에 우리는 소스라치듯 놀랐다.

「내 아내에게 그런 걸 먹이면 안 된단 말이오!」

팔라메드였다. 그는 여러 시간 전부터 자기 집 거실 창문 뒤에 숨어 우리를 엿보면서 우리가 〈잘못〉을 저지르기를 기다리고 있었다. 우리가 잘못을 저지르는 순간 그는 문 앞으로 나와 우리에게 규칙을 환기시킨 것이다.

아내는 위엄 있게 냉정을 되찾고는 아무 말도 못 들은 것처럼 살덩어리에게 과자를 먹이는 일을 계속했다. 나는 속으로 전전긍긍했다. 그가 다가와 우리를 두들겨 패기라도 한다면? 그는 우리보다 훨씬 힘이 세지 않은가.

하지만 쥘리에트의 작전에 그는 겁을 먹은 것 같았다. 그는 당황한 듯 10분가량을 문턱에 서서 우리를 지켜보았다. 이윽고 그는 멋지게 퇴장해야겠다는 듯 다시 한번 소리를 질렀다.

「아내에게 그런 걸 먹여선 안 된단 말이오!」

그는 자신의 시계 창고 안으로 모습을 감추었다.

땅거미가 내리자 우리는 베르나르댕 부인을 집까지 데려다주었다. 우리는 노크도 없이 안으로 들어갔다. 팔라메드가 우리에게 책임을 전가했다. 「아내가 병이라도 난다면, 그건 당신들 탓이오!」

「당신은 당신 아내가 병이 났으면 좋겠죠, 안 그래요?」 쥘리에트가 쏘아붙였다.

우리는 살덩어리를 매트 위에 눕혔다. 그녀는 벅찬 감정에 지쳐 있는 것 같았다.

그런 일이 일어나리라는 것을 예상했어야 했다. 다음 날 그는 자기 집 문이란 문은 모두 걸어 잠그고 열지 않았다.

「그는 자기 아내를 집 안에 가둬 놓고 있어, 여보! 경찰을 부르는 게 어떨까?」

「하지만 이번에도 역시 그의 행동은 법에 저촉되지 않아.」

「그가 자살을 시도했었다는 사실을 밝혀도?」

「자살 역시 법에 저촉되는 게 아니야.」

「그러면 그가 아내를 서서히 죽여 가고 있다고 하면?」

「그런 의심을 뒷받침할 근거가 없는걸.」

「하지만, 당신도 알다시피 그는 사블레를 조금 먹었다는 이유로 자기 아내를 가둬 놓고 있잖아?」

「아내의 살이 빠지기를 바라고 있는지도 모르지.」

「지금 그녀의 삶에서 살을 빼는 게 무슨 의미가 있겠어? 그리고 거울 보고 주제 파악이나 하라지!」

「사건의 핵심이 뭔지 우리는 알고 있잖아. 베르나르댕 씨는 삶에서 아무런 기쁨도 느끼지 않아. 그는 자기 아내가 자기 같지 않다는 걸 견딜 수가 없는 거야. 어제 그는 자기 아내가 데이지 꽃에 넋을 잃고, 푸른 하늘을 황홀한 눈빛으로 바라보고, 과자를 먹으며 행복한 신음을 발하는 걸 봤지. 그의 인내가 한계에 달한 거야.」

「가엾은 불구자 노파에게서 삶의 기쁨을 앗아 가는 건 비열한 일 같지 않아?」

「물론 그렇지, 쥘리에트! 하지만 문제는 그런 데 있는 게 아냐. 그가 법에 저촉되는 일을 하지 않는 한 우리는 아무 일도 할 수 없다는 거지.」

「왜 유리창이라도 깨고 들어가 베르나데트를 데려오지 못하는 건지 모르겠어.」

「그렇게 되면 경찰을 부를 권리는 오히려 그가 갖게

될걸. 헛수고일 뿐이야.」

「정말 가만있을 수밖에 없을까?」

「끔찍한 얘기 하나 해줄게. 어제 우리는 그 여자에게 좋은 시간을 갖게 해주려고 했지만, 실제로는 그 불행한 여자에게 피해를 입혔을 뿐이야. 지금 그 여자는 우리 잘못으로 갇혀 있으니까 말야. 피해를 최소화하는 게 좋을 것 같아. 우리가 그 여자를 도우려 하면 할수록 그 여자의 삶을 악화시킬 뿐이니까.」

그 토론은 효과가 있었다. 쥘리에트는 더 이상 그 살덩어리를 구해 내자는 말을 하지 않았다. 하지만 그 문제는 그녀의 머릿속을 떠나지 않고 있음이 분명했다. 봄은 이런 상황에 전혀 도움이 되지 않았다. 날씨는 매일매일 점점 더 감미로워져 갔다. 마침내 나는 비라도 왔으면 하고 바라기에 이르렀다. 날씨가 좋으면 아내가 안타까워했던 것이다. 산책을 하면서 그녀는 말하곤 했다.

「그녀가 이 빨간 까치밥나무를 보면 좋을 텐데. 이 연푸른 잎사귀들을 보면 좋을 텐데.」

〈그녀〉가 누군지 밝힐 필요도 없었다. 꽃눈 하나만 봐도 확실한 증거물이 나온 것처럼 피고에 대한 비난이 길게 이어졌다. 그리고 그 비난은 분명 이웃집 남자가 아니라 나를 향한 것이었다.

어느 날 아침 나는 폭발하고 말았다.

「결국 당신은 그자의 자살을 막았다는 이유로 나를 비난하고 있는 거잖아.」

그녀는 작지만 단호한 어조로 대답했다.

「아니, 결코 그런 게 아냐. 그건 막았어야 했어.」

그 점에 대해 그렇게까지 확신을 가질 수 있다니 그녀는 얼마나 좋을까. 하지만 나는 더 이상 내 행동이 옳았다고 확신할 수가 없었다. 나는 그의 목숨을 구한 내 행동을 후회했다. 사태를 완전히 잘못 생각했던 것이다.

게다가 자신을 구해 준 나를 그쪽에서 먼저 비난하지 않았던가? 내가 그를 병원에서 데려오던 날, 그는 드물게 설득력 있는 태도로 자신의 그런 생각을 표현하지 않았던가.

더 지독한 것은 이제는 나 자신도 그 사실을 인정하지 않을 수 없다는 사실이었다. 그의 입장이 되어서 생각해 보자 이런 끔찍한 결론이 나왔다. 그에게는 죽고 싶은 이유가 너무나도 많다는.

왜냐하면 그에게 있어서 삶이란 지옥일 터였다. 그는 산다는 것에 대해 아무 기쁨도 느끼지 않고 있었다.

마침내 나는 그것이 그의 잘못이 아니라는 것을 이해할 수 있었다. 그가 선택해서 오감 불감증이 된 것이 아니었다. 선천적으로 그렇게 태어났을 뿐.

나는 그의 삶을 상상해 보았다. 숲의 아름다움을 보면서도, 사람의 마음을 뒤흔드는 아리아를 들으면서도, 월하향(月下香)의 향기를 맡으면서도, 먹거나 마시면서도, 애무를 하거나 받으면서도 아무런 즐거움도 느끼지 못하다니. 결국 그 어떤 예술 작품에도 감동을 맛본 적이 없다는 말이 아닌가. 또한 성적 욕망도 느끼지 못한다는 뜻이 아닌가.

〈육체적 쾌락에 눈이 멀었다〉는 표현에 부합하는 동물적인 인간이 있다. 그런 사람은 육체적 쾌락을 느끼지 못하는 감각맹(感覺盲)이 있다는 것을 상상이나 할 수 있을까?

나는 부르르 몸을 떨고 있는 나 자신을 발견했다. 베르나르댕 씨의 삶은 공허의 극치가 아닌가! 정신과 영혼과 마음의 문(門)이 바로 감각일진대, 그게 닫혀 있다면 그에게는 뭐가 남는단 말인가?

신비주의조차도 쾌락을 통해 도달하는 것이 아니던가. 반드시 실제로 행동하는 것은 아니지만, 개념상으로는 분명 그렇지 않은가. 육체적 쾌락이 금지된 수도

사들도 감각에 대한 개념만큼은 갖고 있는데, 그것을 자발적으로 포기한 것이 아니던가. 결핍은 과잉만큼, 아니 그 이상으로 좋은 스승이다. 하지만 안타깝게도 팔라메드 베르나르댕은 아무런 결핍감도 느끼고 있지 않았다. 아무것도 사랑하지 않는 한 아무것도 아쉽지 않은 법이니까.

성인들의 삶은 종교적 법열이 쾌락의 절정임을 증거하지 않았던가? 순수한 불감(不感)으로 황홀경에 이를 수 있다면, 사람들이 그것을 모를 리가 없지 않은가.

하지만 이웃집 남자의 삶이 공허 그 자체라고 결론 내리는 데에는 그런 극단적인 예까지도 필요치 않았다. 그의 공허는 위고가 묘사한 위대한 공허가 아니라, 비열하고 우스꽝스럽고 한심하고 보잘것없는 공허였다. 가엾은 인간의 불평으로 가득 찬 허무였다.

〈마지막으로 말하기는 했지만 중요성은 그 어느 것에 못지않은〉 사항으로, 그 가엾은 인간은 누군가를 사랑해 본 적도 없고, 사랑할 수 있다는 생각조차 해본 적이 없는 것이다. 물론 나는, 아파트 관리인이나 가질 법한 감상주의에 빠져들고 싶지는 않다. 사람은 사랑 없이도 살 수 있는 법이다. 그 점을 확인하기 위해서는 사람들의 사는 모습을 바라보는 것으로 충분하다.

다만 사람이란 사랑 없이 사는 경우 다른 무엇에 몰두하는 법. 경마나 포커, 축구, 철자법 개정 등 무엇이든 상관없다. 일시적으로 스스로를 잊게 해주는 것이라면.

하지만 베르나르댕 씨에게는 아무것도 없었다. 그는 자신 안에 갇혀 있었다. 그의 독방에는 창문조차 없었다. 너무나도 지독한 감옥이 아닌가! 더 끔찍한 일은 그 안에 갇혀 있는 사람이 다름 아닌 늙고 멍청한 뚱보라는 사실이었다.

나는 그가 시계에 집착하는 이유를 퍼뜩 깨달았다. 삶을 사랑하는 이들과는 반대로 팔라메드는 시간이 지나가는 것을 축복했다. 자신이 갇혀 있는 우리 속에서 유일한 빛이 있다면 그것은 바로 자신의 죽음이었다. 따라서 그의 집 안에 있는 스물다섯 개의 시계는 느릿하고 확실한 리듬에 따라 그를 죽음으로 인도하고 있었다. 죽고 나면 그는 더 이상 자신의 부재에 입회하지 않아도 되리라. 육체가 없으니 그 안에 담길 공허도 없으리라. 삶 대신에 무(無)가 되리라.

어느 날 그 사내는 용기를 내어 자신의 감옥을 탈출하기로 했다. 그가 그런 결정을 내리는 데에는 용기가 필요했다. 그런데 비열한 간수처럼 나는 도망치는 그 불행한 사내를 붙잡았다. 그러고는 의기양양한 밀고자처럼 그를 도로 감옥에 처넣었던 것이다.

그렇게 생각하자 모든 것을 이해할 수 있었다. 처음부터 그의 태도는 죄수의 그것이 아니었던가. 처음에 매일 두 시간씩 우리 집에 와서 죽치고 앉아 있었던 그의 태도는, 다른 죄수의 독방을 침입하는 것밖에는 달리 할 일이 없는 가엾은 죄수의 모습이었다. 먹는 것을 좋아하지 않았으면서도 그가 그렇게 폭식을 했던 것은 권태의 절정에 달한 사람이 보이는 전형적인 행동 양태였다. 자기 아내에 대한 그의 가학적 성향 역시 감금된 자의 행태였다. 자신의 고통을 누군가에게 전가해야 할 절실한 필요가 있었던 것이다. 그의 될 대로 되라는 듯한 태도, 그의 불결함, 그의 지저분한 매무새는 종신형의 죄수에게서 볼 수 있는 것이었다.

모든 것이 분명하지 않은가! 어째서 좀 더 일찍 깨닫지 못했던 것일까?

어느 날 밤, 나는 차마 말하기 어려운 다음과 같은 생각에 놀라 퍼뜩 잠에서 깼다. 〈어째서 그는 다시 자살을 시도하지 않는 것일까? 자살에 실패한 이들은 또 그런 일을 저지른다고 하던데. 그는 뭘 기다리고 있는

것일까?〉

어쩌면 그는 내가 또 자신을 살려 낼까 봐 걱정하고 있는지도 몰랐다. 이번에는 그를 방해하지 않으리라는 것을 어떻게 하면 그에게 알려 줄 수 있을까?

그러자 자살 방식에 대한 의문이 떠올랐다. 어째서 그는 배기가스에 질식해 죽는 방법을 택한 것일까? 누군가 자신을 구해 줄지도 모른다는 희망에서? 아니, 그럴 가능성은 극히 희박했다. 그가 그런 방법을 택한 것은 피학적 성향 때문이었으리라. 역시 갇혀 있는 자의 행태였던 것이다. 아니면 상징적인 행위일 수도 있었다. 자기 자신 속에서 짓눌려 살았던 그 사내는 죽을 때에도 질식사를 원했던 것이다. 독약을 주사하는 것이 그로서는 백배 더 간단하고 고통도 적었으리라. 하지만 그 짐승 같은 사내도 자살하는 이들이 흔히 그렇듯이 전갈을 남길 필요를 느꼈다고 볼 수는 없을까? 사람들은 대개 유서를 남기지만 그는 유서 같은 것은 쓸 수 없었다. 그의 유서는 바로 그 잔인하기 짝이 없는 자살 방식이었다. 거기에는 보이지 않는 글씨로 다음과 같은 비명(碑銘)이 씌어 있을 터였다. 〈나는 살았던 그대로 죽노라.〉

4월 2일에서 3일에 걸친 그 밤, 내 빌어먹을 불면증이 아니었다면 베르나르댕 씨는 구원을 찾았으리라. 지금은 6월 초였다. 잔인한 계획 하나가 내 뇌리를 강타했다. 그에게 이런 내용의 편지를 보내면 어떨까? 〈친애하는 팔라메드 씨, 이제야 선생 뜻을 알았습니다. 이번에 그런 일이 일어나면 방해하지 않겠습니다.〉 나는 웃음소리가 새 나가지 않도록 하기 위해 베개로 입을 막았다.

그러자 그 생각이 덜 끔찍하게 여겨지기 시작했다. 마침내 나는 그 생각을 진지하게 고려해 보기에 이르렀다. 처음에는 그런 편지를 쓴다는 것이 파렴치한 범죄처럼 느껴졌지만, 곰곰 생각해 보니 그것이야말로 이웃집 남자가 필요로 하는 것이라는 결론에 이르렀다. 나는 그런 그를 도와주어야 했다.

갑자기 나는 더 이상 참고 있을 수가 없었다. 한시가 급한 일이 아닌가! 즉각 편지를 써야 했다. 나는 자리에서 일어나 거실로 내려와서 종이를 집어 들고는 그를 구해 줄 두 문장을 썼다. 그런 다음 다리를 건너 이웃집으로 가 현관문 밑으로 접은 편지를 밀어 넣었다.

도취감과 안락감이 나를 휩쌌다. 나는 의무를 완수했다. 나는 내 침대로 돌아와 사랑의 전령으로서 신성한 의무를 완수한 듯한 동화적인 느낌에 싸여 잠이 들었다. 내 머릿속에서는 세라핌들이 노래를 부르고 있었다.

다음 날 아침 자리에서 일어나니, 그 일은 꿈을 꾼 것처럼 여겨졌다. 이윽고 내가 그런 행동을 한 것이 사실이라는 생각이 들기 시작했다. 내가 정말 그런 어이없는 편지를 쓰다니! 나아가 그것을 이웃집 문 밑으로 밀어 넣기까지 했다니! 내가 정신이 나갔던 것이다.

영문을 모르겠다는 듯한 쥘리에트의 시선을 받으며 나는 그녀의 족집게를 집어들고 집 밖으로 달려 나갔다. 이웃집 문 앞에 배를 대고 엎드린 나는 좁은 틈으로 족집게를 집어넣고 더듬더듬 편지를 찾기 시작했다. 그런 내 시도는 아무런 보람도 없었다. 그 편지가 안쪽으로 멀리 들어갔거나 팔라메드가 이미 읽어 본 모양이었다.

겁에 질린 모습으로 나는 집으로 돌아왔다.

「내 족집게를 들고 이웃집 문 앞에 엎드린 이유를 말해 줄래?」

「간밤에 그에게 편지를 한 장 보냈거든. 괜히 그랬다 싶어. 하지만 편지를 되찾을 수가 없었어.」

「뭐라고 썼는데?」

나는 차마 사실대로 말할 수가 없었다.

「욕을 퍼부어 줬지. 〈아내를 가둬 두고 있다니 그런 비열한 짓을 당장 그만두지 못해〉라고 말야.」

쥘리에트가 눈을 빛냈다.

「잘했어. 당신이 그 편지를 되찾지 못해서 다행이야. 당신이 자랑스러워.」

그녀는 나를 안아 주었다.

나는 그날 하루 종일 스스로를 증오하며 보냈다. 저녁에 나는 일찍 자리에 누워 그 생각에서 도망치려는 듯이 잠 속으로 빠져들었다. 새벽 2시, 나는 잠에서 깼다. 다시 눈을 붙일 방법이 없었다.

그때 나는 스스로에 대해 한 가지 무시무시한 사실을 깨달았다. 내 안에는 또 다른 에밀 아젤이 있다는 것이었다. 실제로 잠 못 드는 밤이면 그 편지를 쓴 것이 잘한 일인 것처럼 느껴졌다. 최소한의 수치심조차 느껴지지 않았다. 오히려 나는 그렇게 행동한 나 자신이 기꺼웠다.

내가 지킬 박사와 하이드 같은 존재란 말인가? 황당무계하다는 이유에서 나는 그런 추리를 부정했다. 그보다는 밤이 내게 지대한 영향을 끼치고 있다는 가정이 더 설득력이 있었다. 밤에 떠오르는 생각은 언제나 끔찍하기 짝이 없었다. 개선이라든가 희망, 심지어는 온건한 무관심 같은 가능성에 여지를 두지 않았다. 불면증에 시달리는 동안에는 모든 것이 비극적이고 모든 것이 내 잘못처럼 여겨지지 않았던가!

그때 기묘한 의문이 떠올랐다. 두 에밀 아젤 중에서 누가 옳은가? 문제가 생기기 전에 그 자리를 빠져나오 곤 하는, 약간 비겁하다고 할 수 있는 낮의 에밀인가? 아니면 다른 사람을 돕기 위해서 대담하게 행동할 태세가 되어 있는 반항적이고 구역질 나는 밤의 에밀인가?

나는 다음 날까지 결론을 유보하기로 했다. 하지만 안타깝게도 아침이 되자 나는 불면의 밤 동안 반추했던 것과는 전혀 다른 생각을 하고 있었다. 나는 또다시 온갖 타협에 굴복할 태세가 되어 있었다.

며칠이 지나자 나는 마음이 가라앉았다. 베르나르댕 씨는 마법에라도 걸린 사람처럼 건강했다. 내 편지가 그에게 영향을 끼치리라고 생각했었다니 정말이지 오해였다.

내 편지를 읽으면서 팔라메드는 처음부터 내게 보여준 예의 경멸에 찬 태도로 고개를 내저었으리라. 나는 안도의 한숨을 내쉬었다.

마침내 나는 페넬로페의 신화를 이해할 수 있었다. 그 신화의 전철을 밟는 자는 나뿐만이 아니었다. 우리는 모두 밤이 되면 낮의 자신을 산산조각 내고, 아침이 오면 또다시 밤의 자신을 부정하는 것이 아니던가? 오디세우스의 아내는 낮에는 구혼자들과의 약속대로 천을 짰고, 어둠을 틈타서는 구혼을 거절하는 오만한 여주인공의 모습을 되찾았다.[20] 빛이 예절 바르고 상냥한 희극에 우호적이었다면, 어둠은 인간에게 파괴적인 분노를 부추겼을 뿐이었다.

「쥘리에트, 당신 생각에는 어째서 그자가 다시 자살을 시도하지 않는 것 같아? 한 번 죽으려고 했던 사람은 또 그런 짓을 저지른다던데. 그런데 왜 그는 가만히 있을까?」

「모르겠어. 이번 일로 교훈을 얻었는지도 모르지.」

「교훈이라니?」

「우리가 자신을 내버려 두지 않을 거라고 말이야.」

「그러려면 우리가 그를 지켜볼 수 있어야 하잖아!」

20 천을 다 짜는 대로 결혼하기로 구혼자들과 약속하고는, 밤이 되면 몰래 낮에 짠 천을 풀어낸 것을 가리킴.

「삶에 대한 애착을 되찾았을 수도 있어.」

「당신이 보기엔 그린 것 같아?」

「어떻게 알겠어?」

「그를 관찰해 봐.」

「그럴 수가 없잖아. 그는 자기 집에 틀어박혀 나오지 않으니까.」

「맞는 말이야. 그는 지상 낙원에 살고 있어. 세상에서 가장 아름다운 봄이 펼쳐지는 곳에 말야. 그런데도 집 안에만 틀어박혀 있잖아.」

「그런 것에 둔감한 사람들이 있잖아.」

「그렇다면 당신 생각엔 그가 뭐에 민감한 것 같아?」

「시계.」 그녀가 미소를 지었다.

「그렇군. 죽음의 여신이 자기 낫을 사랑하듯 그는 시계를 좋아해. 그렇다면 이런 의문이 생기지 않을 수 없군. 뭘 기다리느라 그는 두 번째 자살 시도를 하지 않고 있는 것일까?」

「당신은 그걸 바라고 있는 것 같아.」

「아냐. 난 그저 그의 속마음을 알고 싶을 뿐이야.」

「내가 할 수 있는 말은 이것뿐이야, 에밀. 누군가 죽고 싶어 한다 해도 자살이란 너무나도 고통스러운 일일 거야. 어떤 낙하산 부대원이 쓴 글을 읽은 적이 있어. 두 번째 뛰어내릴 때가 가장 무섭다더군.」

「그렇다면, 그가 두려움 때문에 다시는 자살을 시도
하지 않는 거란 말이야?」

「그게 인간적이지 않아?」

「그렇다면 당신은 그 가엾은 사내가 얼마나 절망할
는지나 알고 있어? 그는 죽고 싶은데 죽을 용기를 낼
수가 없는 거야.」

「내 생각이 맞았어. 당신은 그가 다시 자살을 시도하
기를 바라고 있는 거야!」

「여보, 내가 뭘 바라는가는 전혀 중요하지 않아. 중
요한 것은 그가 무엇을 바라는가 하는 거야.」

「요컨대 당신은 그를 도와주고 싶은 거잖아?」

「천만에!」

「그렇다면 왜 이런 얘기를 하는 거지?」

「당신 관점으로 그의 삶을 판단하지 말라는 거야.
사람들이 당신 머릿속에 삶이란 가치 있는 것이라는
생각을 넣어 주었지.」

「사람들이 내 머릿속에 그런 생각을 넣어 주지 않았
더라도 난 그렇게 생각했을 거야. 난 삶을 사랑해.」

「어떤 이들은 삶을 사랑하지 않는다는 생각은 안 해
봤어?」

「어떤 이들은 견해를 바꾸기도 한다는 생각은 안 해 봤어? 그 사람도 삶을 사랑하는 것을 배울 수 있어.」

「일흔 살의 나이에?」

「시작하려는 때가 가장 빠른 때라잖아.」

「당신은 고집불통의 낙관론자야.」

「한 번 죽으려던 사람은 또 자살을 시도한다고 했지. 모든 인간이 자기 행동을 반복하는 것 같지 않아?」

「〈인간이란 자기 행동을 반복하는 존재다.〉 시적인 데. 하지만 무슨 말인지 이해가 되지 않는걸.」

「인간은 어떤 행동을 한 번만 하고 말진 않아. 어떤 사람이 어느 날 한 행동은 그 사람의 본질에서 나온 거야. 인간은 똑같은 행위를 반복하면서 살아가지. 자살 역시 특별한 경우가 아니야. 살인자들은 다시 살인을 저지르고, 연인들은 다시 사랑에 빠지지.」

「당신 말이 맞는다는 확신이 서지 않는걸.」

「하지만 난 그렇게 생각해.」

「그렇다면 당신 말은 그가 조만간 다시 자살을 시도 할 거란 말이야?」

「내가 그런 생각을 하는 건 바로 당신에 대해서야, 에밀. 당신은 그의 생명을 구해 줬어. 두 번째, 세 번째 에도 그럴 거야.」

「내가 그의 생명을 구해 줄 거라고 생각하는 이유가 뭐지?」

「몰라.」

그녀는 눈부신 미소를 띠며 덧붙였다.

「그건 내가 알 바가 아닌걸. 구원자는 내가 아니라 당신이니까.」

그에게 보낸 편지에 욕설을 썼노라고 거짓말을 한 이후 쥘리에트는 구세주를 우러르듯 존경 어린 눈빛으로 나를 바라보곤 했다. 고통스러운 일이었다.

「요컨대 말야, 쥘리에트, 우리가 바보야. 증오스럽기 짝이 없는 사내를 도와주느라 이렇게 고생을 하는 이유가 뭘까? 기독교인도 이렇게까지 하진 않을 거야.」

「우리는 베르나데트를 사랑하잖아. 일이 잘 풀리지 않으면 팔라메드는 자기 아내에게 화풀이를 할 거야. 그 불쌍한 여자를 돕는 방법은 그 여자의 남편을 구해 주는 것뿐이야.」

「무엇으로부터 그를 구한다는 거지?」

불붙듯 피어났던 금작화가 졌다. 이제 등꽃 차례였다.

6월에 불행하다는 것은 슈베르트를 들으며 행복해 하는 것만큼이나 곤란한 노릇이다. 그렇기 때문에 6월은 견디기 어려운 달이었다. 30일 동안 조금만 언짢아 해도 스스로의 무례를 증명하는 셈이었다. 강요된 행복은 악몽과 다를 바 없었다.

등꽃은 사태를 더욱 악화시켰다. 내게는 만개한 등꽃처럼 애절함을 불러일으키는 것도 없었다. 구불구불한 덩굴 줄기를 따라 눈물을 떨구고 있는 그 푸른 꽃송이는 그렇지 않아도 산란한 내 마음을 더욱 산란하게 했고, 나 자신을 라마르틴[21] 같은 과잉 감정의 결정체로 만들어 버렸다. 어린 시절 나는 일요일을 할머니 댁에서 보내곤 했다. 할머니 집에는 등나무가 담을 타고 올라가고 있었다. 6월이면 그 푸른 빗줄기는 내 마음을 찢어 놓았다. 이해할 수 없는 일은 그뿐만이 아니었다. 좀처럼 울지 않던 내가 어이없게도 흑흑거리며 울음을 터뜨렸던 것이다.

등꽃에 대한 치료 약은 역시 6월에 나는 아스파라거스다. 아스파라거스를 먹으면서 슬픔을 느낄 수는 없었다. 문제는 하루 스물네 시간 동안 줄곧 아스파라거스를 먹고 있을 수 없다는 데 있었다.

올해 6월 초순 내 고통을 비워 내기 위해서는 여러

21 Alphonse de Lamartine(1790~1869). 프랑스의 시인. 서정과 감상에 넘치는 작품을 남겼다.

다발의 아스파라거스가 필요했다. 어느 날 밤 나는 감람산에서 자고 있는 제자들의 얼굴을 바라보는 그리스도의 심정으로, 잠든 쥘리에트의 얼굴을 응시하고 있었다. 그녀는 평화와 확신을 타고난 사람이었다. 그 두 가지 선물을 내가 받지 않음으로써 자신이 받을 수 있었다는 사실에 그녀는 내게 감사해야 하리라.

침대를 벗어나면 불면증도 조금쯤은 견디기 쉬워지는 법. 나는 뜰로 나왔다. 신선한 밤공기가 나를 감동시켰고, 등꽃이 나의 혼을 빼놓았다. 일본인들은 예의를 차려야 할 경우 제철을 맞은 꽃 얘기만을 편지에 담는다. 다른 나라 사람들은 그러한 하찮은 의식을 우습게 여긴다. 내가 일본인이었다면, 멋진 편지를 쓸 수 있었으리라. 그런 형식주의를 통해 나는 젊은 처녀가 가질 만한 애틋한 감정을 남모르게 드러낼 수 있었을 테니까.

이럴 수도 저럴 수도 없었다. 쥘리에트는 내게 베르나르댕 씨를 구할 것을 요구하고 있었다. 하지만 내 마음속에서는 그를 감옥에서 구해 낼 수 있는 길은 죽음뿐임을 확신하고 있었다. 하지만 내 아내는 그가 죽는 것을 원하지 않았다. 설사 그녀가 그의 죽음을 바란다 하더라도, 그는 더 이상 자살을 시도할 생각이 없는 것 같았다.

등꽃을 바라보며 나는 한 가지 결정을 내렸다. 그 결정은 끔찍하게 느껴졌다. 앞으로는 쥘리에트에게 나를 이해시키려 애쓰지 않겠다는 것이었다.

이런 결정은 다음 날 당장 효과를 거두었다. 이웃집 남자의 차가 마을에서 돌아오는 것을 보고 나는 그를 만나러 달려 나갔다.

「팔라메드 씨, 선생한테 할 얘기가 있소.」

한마디 말도 없이 그는 자동차 트렁크의 자물쇠 속으로 열쇠를 밀어 넣었지만 문을 열지는 않았다. 그는 차 옆에 서서 움직이지 않았다.

「내 편지를 받았소?」

15초간의 침묵이 흘렀다.

「그렇소.」

「어떻게 생각하오?」

「아무 생각도 하지 않소.」

멋진 대답이 아닌가.

「난 그 문제에 대해 많이 생각했어요. 그래서 내가 확신하고 있는 바를 선생에게 말하러 왔어요. 난 이제 더 이상 선생을 방해하지 않을 작정입니다.」

대답이 없었다. 나는 다시 말을 이었다.

「그 문제를 곰곰이 생각해 봤어요. 그랬더니 당신의 행동을 이해할 수 있었어요, 팔라메드 씨. 이제 나는 그게 당신의 유일한 해결책이라는 것을 잘 알고 있어요. 나로서는 그것을 인정하기가 힘이 들더군요. 왜냐하면 내가 교육받아 온 것과는 정반대였으니까. 선생도 알 겁니다. 〈삶이란 지고의 가치이고, 인생에 대한 경의는……〉 하는 식의 교육 말이죠. 당신 덕택에 나는 그게 헛소리에 지나지 않는다는 것을 알게 됐어요. 이 세상 모든 것들처럼 사람에 따라 다르다는 걸 말이에요. 삶은 당신에게 어울리지 않아요. 그건 분명해요. 정말이지 나 스스로가 원망스러워요. 당신을 차고에서 끌어낸 일이 후회스럽단 말이에요.」

무겁기 짝이 없는 침묵이 흘렀다.

「두 번째 시도가 너무나도 하기 어려운 일이라는 건 잘 알고 있어요. 이상하게 보이겠지만 나는 당신을 격려하러 오지 않을 수 없었어요. 그래요, 팔라메드 씨. 그런 일을 하기 위해서는 나 같은 사람으로서는 도저히 갖기 어려운 정신력이 요구되겠죠. 하지만 내 경우는 달라요. 나는 삶을 사랑하니까. 하지만 당신 같은 경우에는 그 결정을 행동에 옮기는 게 좋을 것 같군요.」

내 어조는 나도 모르는 사이에 격앙되어 있었다. 카틸리나에 대한 첫 번째 탄핵 연설을 행하는 키케로[22]처럼 흥분하고 있었던 것이다.

「무엇보다도 당신이 자살하지 않을 경우 어떤 일이 일어날는지 생각해 보세요. 그런 식으로 삶을 이어 갈 수는 없어요. 당신의 삶을 좀 보세요. 그건 사는 게 아니라고요! 당신은 고통과 권태의 덩어리에 불과해요. 더 심각하게 말하자면 당신은 공허 그 자체예요. 베르나노스 이후 우리는 공허가 얼마나 고통스러운 것인지 잘 알고 있어요. 물론 당신은 베르나노스를 본 적도 없고, 그의 작품을 읽은 적도 없을 테죠. 당신은 무엇인가를 해본 적이 없어요. 당신은 지금 아무것도 아니고, 과거에도 아무것도 아니었어요. 당신이 혼자라면 나도 상관하지 않겠어요. 하지만 이 경우는 그렇지가 않아요. 당신은 스스로의 그런 운명에 대해 당신의 부인에게 분풀이를 하고 있어요. 당신 부인의 겉모습을 여자라고 할 수 없지만, 당신보다 백배는 더 인간적입니다.

---

22 이 일련의 연설을 통해 로마 공화정 말기의 정치가 카틸리나의 국가 전복 음모는 분쇄되고 로마 집정관 키케로는 〈조국의 아버지〉로 추앙받았다. 이 소설의 원제인 *Les Catilinaires*는 프랑스어로 키케로의 『카틸리나 탄핵 연설 *In Catilinam*』편(篇)들을 가리키며 보통 명사화하여 〈논박〉, 〈야유〉 등을 뜻하기도 한다.

당신은 그런 그녀를 집 안에 가두어 두고, 당신의 허무를 강요하고 있어요. 그건 비열한 일이죠. 만약 누군가를 학대해야만 살 수 있다면 그런 삶은 살지 않는 편이 나아요.」

나는 마음이 편해지기 시작했다. 웅변의 열기가 내 몸 속에 에너지를 불어넣어 주고 있었다.

「오늘은 무엇을 할 건가요, 팔라메드 씨? 내가 당신의 일상을 이야기해 보죠. 장을 봐 온 다음 안락의자에 주저앉아, 점심 식사 시간이 될 때까지 네 개의 시계를 바라보겠죠. 그런 다음 고약한 음식을 만들어서는 베르나데트에게 주고 당신도 먹는 거예요. 먹는 것, 특히 그런 형편없는 음식을 너무나도 싫어하면서 말이에요. 그런 다음 다시 안락의자에 주저앉아서는 시간이 가는 것, 큰바늘과 작은바늘이 움직이는 것을 바라보는 거죠. 이어 다시 괴로운 식사를 하고 잠자리에 드는데, 그때야말로 하루 중에서 가장 고약한 시간이죠. 당신도 나처럼 불면증에 시달리고 있을 테니까. 내 불면의 밤이 고통스럽다면, 당신의 경우는 어떨까요? 뒤룩뒤룩 살찐 돼지가 자신을 들볶아 대며 잠을 못 이루는 것 같을 거예요. 잠자는 것을 좋아하지 않기 때문에 잠조차 청하지 않으면서 말이에요. 왜냐하면 당신은 좋아하는 게 아무것도 없으니까요, 팔라메드 베르나르댕 씨! 좋아하는 게 아무것도 없는 사람은 죽어야 해요. 왕진 가방 속에 당신의 자살을 도와줄 알약이 없다고는 할 수 없을 거예요. 배기가스를 틀어 놓는 것보다 그 편이 훨씬 쉬울걸요. 용기를 내요, 팔라메드 씨! 입을 열고, 물과 함께 정제를 한 통 삼킨 다음 자리에 누우면 돼요. 그러면 권태와 공허, 괴로운 식사, 시계, 아내, 불면증이 모두 끝나요! 모든 것이 끝나고 당신은 모든 의무로부터 해방되는 거요. 구원되는 거라고요, 팔라메드 씨, 구원! 영원히 말이오!」

내 두 뺨은 불타오르고 있었다.

그때 믿을 수 없는 일이 일어났다. 상상도 해본 적이 없는 일이었다. 이웃집 남자가 소리 내어 웃기 시작했던 것이다. 참았던 웃음이었다. 그의 웃음소리는 한심하고 어설펐지만 그만큼 더 잔인하게 느껴졌다. 파킨슨병에라도 걸린 사람 같았다. 그의 몸이 떨리고 있었고, 입에서는 킬킬거리는 소리가 흘러나오고 있었다.

기절초풍할 장면이었다. 게다가 그는 웃으면서 내 눈을 똑바로 쏘아보고 있었다. 열패감과 모욕감과 구역감을 느끼며 나는 집으로 돌아왔다.

내 계획의 윤곽이 잡힌 것은 그다음 날 밤이었다.

베르나르댕 씨에게도 웃을 줄 아는 능력이 있었다.
그 사실로 미루어 그가 악마가 아니라 인간이라고 결
론지을 수도 있으리라.

나는 그런 결론을 내리기보다도 그 웃음이 어떤 뜻
을 담고 있는지에 대해 곰곰이 생각했다. 내 장광설이
우스웠던 것일까? 그렇다면 그가 감식력을 지니고 있
단 말인가. 인정하기 어려운 가설이었다.

아니, 그것은 역설적인 웃음일 터였다. 그 웃음은 이
런 말로 해석될 수 있을 터였다. 〈내가 자살하면 당신
마음이 편하겠지, 안 그래? 더 이상 죄책감을 느끼지
않아도 될 테니까. 조금 전에 당신이 한 말은 옳아. 하
지만 당신은 내가 이 빌어먹을 삶을 끝낼 수 있는 유일
한 기회를 망쳐 버렸어. 그래, 그 일은 쉽지 않아. 약을
먹는 방법을 취한대도 말야. 내가 자살할 용기를 내는
데는 70년이 걸렸어. 그 일을 다시 하기 위해서는 또다
시 70년이 필요해. 사람들이 짐작하는 것보다 그건 훨
씬 더 힘든 일이야. 그런데 당신이 내 탈출을 망쳐 버린
거야. 내 희망을 산산조각 내 놓고 이제 와서 그런 말
을 하다니 뻔뻔스럽기 짝이 없군! 낯뜨겁지도 않은가
보군! 그래, 이 친구야, 내가 죽기를 진심으로 원한다

면, 나를 죽여. 잘못을 벌충하고 싶다면, 다른 방법이 없어. 나를 죽이라고!〉

꽃말에는 오해의 소지가 많다. 그 후 나는 가련한 사랑이라는 꽃말을 지닌 등꽃의 절규가 진정으로 무엇을 뜻하는지 이해할 수 있었다. 그것은 바로 애원이었다. 담을 타고 올라가는 등나무의 모양은 여왕의 옷자락에 매달리는 사람의 모습을 방불케 했다. 눈물 섞인 한탄처럼 떨어져 내리는 푸른 꽃송이, 그 협박 섞인 탄원을 나는 들을 수 있었다. 〈인생은 긴 한탄, 끝나지 않는 고통에서 나를 해방시켜 주오.〉

나 스스로 내가 내린 결정을 아무리 반박해도 소용이 없었다. 그가 살아 있을 이유, 그가 죽지 말아야 할 이유, 그를 죽이지 말아야 할 이유가 없었던 것이다.

나는 하짓날을 택했다. 그것은 좀 진부한 결정 같았지만, 내게는 용기가 좀 부족했던 만큼 엄숙성을 동원할 필요가 있었다. 의식(儀式)을 통해 인간은 언제나 결의를 다지는 법. 장중한 의식 없이는 뭔가를 해낼 힘을 얻지 못하리라.

그 결정에 나는 마음이 차분하게 가라앉았다. 아니

마음이 가라앉았다기보다도 고통의 성격이 변화되어 진정 상태로 접어들었다고 할 수 있었다.

나는 그 일을 밤에 수행하기로 했다. 왜냐하면 밤의 에밀 아젤이 훨씬 음산하고 훨씬 대담하니까. 쥘리에트에게는 그 일에 대해 한마디도 하지 않았다.

나는 하늘이 칠흑같이 캄캄해지기를 기다렸다. 아내는 두 손을 모아 쥔 채 잠들어 있었다. 나는 다리를 건넜다. 이웃집의 문이란 문은 모두 안에서 잠겨 있었다. 나는 얼마 전처럼 팔꿈치로 차고의 유리창을 깼다. 그때 나는 그 일이 베르나르댕 씨를 구하는 일인 줄 알았는데.

나는 2층으로 올라가 의사의 침실로 쓰이는, 잡동사니를 쌓아 둔 방으로 들어갔다. 그의 침대는 불편함의 극치 같았다. 방 안은 어두웠지만 나는 고양이처럼 볼 수 있었다. 침대에 누워 있는 뚱뚱한 사내의 말똥말똥한 두 눈을 즉각 알아볼 수 있었던 것이다. 그가 불면증 환자일 것이라는 내 짐작은 옳았다.

나를 바라보는 그의 눈길에는 처음으로 심술궂은 기운이 어려 있지 않았다. 그의 무심한 눈길 속에서 안도의 빛 같은 것이 떠오르고 있었다. 그는 내가 온 이유를 알고 있었던 것이다.

그도 말이 없었고, 나도 말이 없었다. 오페라를 공연하는 것이 아니었다. 죽음의 여신의 시녀로서 나는 낫 대신 베개를 들었다. 나는 연민 어린 심정으로 임무를 수행했다.

얼마나 간단한 일이었는지 아무도 짐작할 수 없으리라.

일흔 살의 뚱보 노인이 침대에서 죽었다는 데 대해 의혹을 제기할 사람은 없는 법.

나는 우리가 고인의 아내를 돌봐 주어도 되는지 경찰관에게 물어보았다. 아무도 반대하지 않았다. 도리어 고마운 이웃이라는 말을 들었을 뿐이다.

장례식에서 베르나데트는 나무랄 데 없는 미망인의 모습을 보여 주었다.

병원 고지서만큼 늦게 오는 게 있을까. 4월 초 팔라메드의 자살 시도 후의 회복 조치에 대한 고지서가 9월 말이 되어서야 도착했다. 서류에 이름을 쓰고 서명한 것은 나였다. 따라서 돈을 내야 할 사람도 나였다.

나는 웃으면서 그 돈을 지불했다. 그게 당연한 일 같았다. 어쨌든 내가 그를 차고에서 끌어내지 않았다면,

병원 비용 같은 것은 나오지 않았을 테니까.

　게다가 이웃집 남자가 죽고 난 후 나는 그에 대해 우정에 가까운 감정을 느꼈다. 흔한 증상이었다. 사람은 자기가 도와준 사람을 좋아하게 되는 법이다. 4월 2일에서 3일에 이르는 그 밤에 나는 베르나르댕 씨를 구해주었다고 생각했다. 그런 실수를 저지르다니. 그런 이기적인 실수를 저지르다니!

　하지만 6월 21일 내가 한 일은 남의 이목을 끈 것도 아니었고, 타인의 운명을 내 기준으로 판단한 것도 아니었고, 보통 사람들의 존경을 받을 만한 것도 아니었다. 그 반대로 그날 나는 타고난 내 성격을 거슬러 행동했고, 아무도 알아줄 리 없는데도 내 구원보다는 내 이웃의 구원을 먼저 생각했으며, 한 가엾은 사내의 소원을 들어주기 위해 대단찮은 내 신념은 물론 나의 완강한 수동성까지 희생시켰다. 내 의지가 아닌 그의 의지를 실현시키기 위해.

　요컨대 내 행동은 보시(布施)였다. 진정한 보시는 아무도 알 수 없는 법. 선의(善意)가 다른 사람들로부터 찬탄을 받는 순간, 그것은 이미 선의가 아니다.

　내가 팔라메드 베르나르댕의 삶을 구원해 준 것을 진정한 보시라고 할 수 있는 것은, 그 일을 바로 하짓

날 한밤중에 행했기 때문이었다.

쥘리에트는 이 일에 대해 아무것도 모르고 있다. 앞으로도 그녀에게 결코 이 이야기를 하지 않으리라. 만약 자신과 침대를 같이 쓰는 남자가 살인자라는 사실을 안다면, 그녀는 공포에 질려 까무러치리라.

모르는 게 약이라고 그녀는 이웃집 남자의 죽음에 대해 잘된 일이라고 평가했다. 마침내 베르나데트를 돌봐 줄 수 있게 되었던 것이다. 이웃집은 깨끗하고 말끔하고 공기가 잘 통하는 곳으로 변모했다. 아내는 매일 두 시간 이상을 그 살덩어리와 함께 보낸다. 아내는 그녀에게 자신이 만든 음식과 꽃, 그림이 많이 들어간 책들을 가져다준다. 그러면서 종종 같이 가지 않겠느냐고 내게 묻는다. 나는 거절한다. 왜냐하면 욕조에 들어가 있는 베르나데트를 상상하는 것만으로도 몸이 얼어붙기 때문이다.

「그녀는 둘도 없는 내 친구야.」몇 달 후 쥘리에트가 내게 말했다.

그 말을 들었다면, 세귀르 백작 부인[23]도 감동의 눈

23 Comtesse de Ségur(1799~1874). 『불행한 소피』, 『나쁜 요정』 등 청소년을 위한 감상적인 작품들을 남겼다.

물을 흘렸으리라.

　오늘은 눈이 내린다. 1년 전 이곳으로 이사 온 그날처럼. 나는 떨어지는 눈송이를 바라본다. 〈눈이 녹으면, 그 흰빛은 어디로 가는가?〉라고 셰익스피어는 묻고 있다. 그 이상 위대한 질문이 어디 있으랴.

　나의 흰색은 녹아 버렸고 아무도 그것을 눈치채지 못했다. 두 달 전 여기 앉아 있었을 때, 나는 내가 어떤 인간인지 알고 있었다. 아무런 삶의 흔적도 남기지 않은, 그리스어와 라틴어를 가르쳐 온 일개 교사라는 것을.

　지금 나는 눈을 바라본다. 눈 역시 흔적을 남기지 않고 녹으리라. 하지만 이제 나는 눈이 규정할 수 없는 존재임을 깨닫는다.

　나는 내가 어떤 인간인지 더 이상 알지 못한다.

평온한 그림 속에 침입자가 등장한다

외국 문학을 우리말로 번역해 오면서 줄곧 부딪혔던 문제는 크게 두 가지였다. 번역자를 학자도 신자도 아닌 단순한 장인으로 보는 견해에 공감하면서도, 원저자의 주장이나 사상에는 책임이 없는 만큼 히포크라테스의 원칙에 어긋나지만 않는다면 개의치 않는다는 느슨하기 짝이 없는 나의 작품 선별 기준이 충분히 소극적이라는 데 부담을 느껴 왔던 게 사실이다. 이슬람 민간에 전승되어 오던 보물 『아라비안나이트』를 언어의 천재다운 자신감과 첫사랑의 열정으로 영역한 리처드 버튼은 그런 점에서 얼마나 행복한 역자였던가.

아멜리 노통브는 벨기에의 젊은 작가다(벨기에가 프랑스어권이고 그녀의 책이 프랑스 출판사 알뱅 미셸에서 출간되고 있는 만큼 프랑스 문학의 범주에 든다). 그녀가 스물다섯의 나이에 『살인자의 건강법*Hygiène* *de l'assassin*』으로 프랑스 문단에 데뷔했을 때, 평자들은 재능과 박학과 풍자를 겸비한 이 작가의 출현을 〈하나의 현상〉이라 평했다. 노통브의 말에 따르면, 그 작품을 갈리마르 출판사에 보냈지만 〈가짜 원고를 출판할 수 없다〉는 답신과 함께 반송되었다고 한다. 누군가 그 원고를 대신 써준 것으로 잘못 판단했던 편집자 필리프 솔레르스는 지드와는 또 다른 실수를 범한 셈이다. 출간과 더불어 그 작품은 10만 부를 넘는 대중적 성공과 함께 르네팔레상을 받았고, 그녀는 차세대 프랑스 문학을 이끌어 갈 작가(도미니크 보나, 아니 에르노, 마리 다리외세크, 안 그로스피롱 같은 프랑스 여성 작가군에 편입되면서도 그들과 구별되는)로 주목받게 된다.

외교관 아버지를 둔 아멜리 노통브는 1967년 일본에서 태어나 베이징, 뉴욕, 방글라데시, 보르네오, 라오스 등지에서 유년기와 청소년기를 보냈다(어떤 잡지와의 인터뷰에서 그녀가 털어놓은 바에 따르면, 5세부터 15세까지 습관적으로 술을 마셨는데 그 후 거식증을 계기로 끊었다고 한다). 그런 특별한 경험은 보들레르에서부터 비트겐슈타인, 마오, 호치민, 레닌에 이르는 방대한 독서량과 함께 그녀의 작품에 프랑스적 감수성과는 다른 특이한 색채를 부여하고 있다. 그녀 작품의 주인공들이 〈주변인〉이라는 공통점을 지니고 있는 이유도 거기에서 찾을 수 있다. 그런 비정형적인 인물들을 통해 노통브는 자기와 타자의 관계라는 묵직한 주제에 천착하는데, 그녀가 선택한 방식은 전통 소설적인 치밀성이 아니라 단순한 구성과 우의적인 전개다. 치밀한 구성의 묘미와 치열한 묘사의 혜택에서 제외된 그녀의 작품은 얼핏 단조롭다는 느낌을 주면서도 주제의 무게를 거뜬히 지탱하면서 효과적으로 전달한다는 장점을 갖고 있다. 이런 참신함은 이제 형성되기 시작한 노통브의 문학 세계 전반을 관통하는 특징을 이룬다. 열일곱 살 때부터 규칙적으로 글을 쓰기 시작해서 이미 상당량의 미발표 원고를 갖고 있는 이 부지런한 〈글쓰기 광〉은 〈일정량의 마약〉을 복용하듯 매일 글쓰는 일을 계속해, 『살인자의 건강법』, 『사랑의 파괴 Le Sabotage amoureux』, 『불쏘시개 Les Combustibles』, 『오후 네시 Les Catilinaires』, 『시간의 옷 Péplum』, 『공격 Attentat』, 『머큐리 Mercure』, 『두려움과 떨림 Stupeur et Tremblements』, 『배고픔의 자서전 Biographie de la faim』 등을 꾸준히 발표해 왔다.

이 작품 『오후 네시』는 평생 동안 학생들에게 라틴어

와 그리스어를 가르치다가 퇴임한 노인이 아내와 함께 조용히 여생을 보낼 집을 찾던 중 첫눈에 마음에 드는 집을 찾는 것으로 시작된다. 우리 식으로 말하자면 평생 동안 고등학교에서 한문을 가르치다가 정년이 되어 퇴임한 평교사, 공자─맹자의 교훈과 이백─두보의 정서를 체화한 할아버지가 평소에 못마땅하게 여겨 왔던 소란스러운 도시를 벗어나 마침내 꿈에 그리던 전원생활을 시작하는 것이다. 주인공 에밀과 그의 동갑내기 아내 쥘리에트는 바로 그런 그림과 일치한다. 호젓한 숲속의 빈터에 자리 잡은 그 작은 집에서는 두 사람의 동화가 시작될 참이다. 묘사보다는 대화가 많고, 표현은 평이하고, 구성은 단순하다. 실제로 브뤼셀의 한 비평가는 처음에 작가가 독자들에게 자장가를 불러 주려는 줄 알았다고 쓰고 있다.

그 평온한 그림 속에 침입자가 등장한다. 거구의 이웃집 남자 베르나르댕은 오후 4시부터 두 시간 동안 묻는 말에만 간단히 대답할 뿐 말없이 그 집 거실에 앉아 있다가 6시가 되자 돌아간다. 다음 날, 그다음 날에도 같은 일이 반복된다. 에밀의 현학도, 쥘리에트의 무구함도 이웃집 남자의 무례와 침묵 앞에서는 속수무책이다. 이즈음에서 독자는 약간 진부한 동화를 집어 든

것 같다는 애초의 예상이 틀릴지도 모른다는 예감에
사로잡힌다. 그 비슷한 예상으로 책을 읽어 내려가던
내가 머리끝을 쭈뼛 세우면서 자세를 바로잡았던 것도
이때부터였다. 바야흐로 동화는 블랙 코미디가 된다.
인용되는 건 스퀴트네르와 베르길리우스와 팔라메드
지만, 〈타인이 바로 지옥〉이라고 했던 사르트르가 슬
그머니 떠오른다. 자기(에밀과 쥘리에트)와 타인(베르
나르댕)이 맞섬으로써 낙원은 깨어지고 지옥이 멀지
않다. 평이한 문장과 단순한 구성은, 이웃집 사내의 몸
무게 아래 눌린 거실 소파나 그의 앞에 놓인 뜨거운 커
피처럼 도구에 지나지 않는다는 게 이제 분명해진다.

이어 이웃집 여자, 곧 베르나르댕 부인이 등장하면
이 소설은 컬트(앞서 말한 평자는 으스스한 괴기담이
라고 표현했다)로 발전한다. 역시 말 없는(하고 싶지
않아서가 아니라) 이 인물의 등장으로 사태는 좀 더 복
잡해진다. 일체로 여겨졌던 에밀과 쥘리에트가 자기와
타자로 분리되면서 인간과 인간 사이의 필연적인 존재
의 벽이 부각되고, 다시 주인공 에밀의 길들여진 자아
와 본능적인 자아가 자기와 타자로 분리되면서, 자기
자신에게 익숙해지는 것과 자기 자신을 아는 것과는
별개라는 화자의 첫 고백을 의미심장한 것으로 만든

다. 한편 당연히 타자여야 하는 베르나르댕 부인은 쥘리에트와 같은 편에 편입된다. 이런 심리적 탈바꿈이 계속되는 동안에도 작가는 천연덕스럽게 예의 그 동화적 문제를 포기하지 않는다. 숲속의 빈터에는 등꽃이 피어나 5월의 바람에 꽃향기가 실려 온다.

이제 마지막 단계가 남아 있다. 불면증에 시달리던 에밀은 한밤중 옆집에서 들려오는 수상쩍은 소리를 듣고 작은 다리를 건너 베르나르댕의 세계로 들어간다. 정확하게 맞추어진 시계들과 쓰레기와 권태와 절망으로 가득 찬 그 세계에서 이제 무슨 일이 벌어질 것인가. 블랙 코미디로, 괴기담으로 발전한 이 동화는 범죄 소설로 끝을 맺는가. 귀찮은 이웃 베르나르댕을 영원히 타자로 역할 고정시킴으로써 에밀은 스스로와 영원히 대결해야 하는 지옥과의 동침을 받아들이는가. 에밀의 본능적 자아가 노출되는 이 단계에서 화자(에밀)의 어조는 그 톤이 달라진다. 교양 있고 예의 바른 신사가 안으로 숨고, 충동적이고 다혈질적인 인물이 드러나는 가운데 소설은 결말을 향해 치닫는다. 한쪽이 지킬 박사, 다른 한쪽이 하이드라는 선명한 도식 같은 건 다행히 이 동화 아닌 동화에 적용되지 않는다.

묘사 대신 철학적 물음이 전체를 관통하는, 소설과

희곡의 경계에 놓여 있는 이 작품은 어떤 평자의 지적대로 세귀르 백작 부인의 동화를 이오네스코가 개작한 것처럼 동화적인 동시에 사변적이고 평이한 동시에 심오하다. 실제로 이 작품을 옮기는 동안 나는 저자의 양해를 얻어 이 글을 각색해 보면 어떨까 하는 생각을 해보기도 했다. 타자 중의 타자를 자기 안에 끌어들임으로써 감동을 선사하는, 일변 진부한 결말에 대한 아쉬움이 그만큼 강했다 할까. 아니, 저 버튼이 영어판 『아라비안나이트』의 서문에 썼듯이 〈이 책을 번역하면서 많은 고생을 했을 것같이 보이지만, 사실은 내가 좋아서 한 일이며 그 일은 아무리 퍼내도 마르지 않는 샘처럼 나에게 위안과 만족을 주었다〉라고까지는 말하지 못해도, 훗날 대가가 되는 한 재능의 개화 과정을 목격하고 번역하는 일이 그렇게 짜릿했다 할까. 부디 독자들이 오래도록 지켜보아도 좋을 한 작가를 건질 기회를 놓치지 않게 되기를.

1999년
김남주

오후 네시

옮긴이 김남주 1960년 서울에서 태어나 이화여자대학교 불어불문학과를 졸업했고 주로 프랑스 현대 문학 작품을 번역하고 있다. 옮긴 책으로 로맹 가리의 『새들은 페루에 가서 죽다』, 기욤 뮈소의 『사랑을 찾아 돌아오다』, 아미 말루프의 『동쪽의 계단』, 파트릭 베송의 『처녀들의 저녁 식사』, 안 그로스피롱의 『이제 사랑할 시간만 남았다』, 얀 크펠렉의 『밤의 실종』, 자크 아탈리의 『그가 오리라』, 아멜리 노통브의 『사랑의 파괴』 등이 있다.

지은이 아멜리 노통브 **옮긴이** 김남주 **발행인** 홍예빈·홍유진 **발행처** 주식회사 열린책들 **주소** 경기도 파주시 문발로 253 파주출판도시 **전화** 031-955-4000 **팩스** 031-955-4004 **홈페이지** www.openbooks.co.kr Copyright (C) 주식회사 열린책들, 1999, 2017 Printed in Korea. **ISBN** 978-89-329-1868-6 03860 **발행일** 1999년 4월 20일 초판 1쇄 2001년 3월 10일 2판 1쇄 2012년 4월 15일 2판 33쇄 2012년 11월 20일 3판 1쇄 2017년 7월 20일 3판 5쇄 2017년 10월 30일 블루 컬렉션 1쇄 2024년 7월 25일 블루 컬렉션 4쇄

이 도서의 국립중앙도서관 출판예정도서목록(CIP)은 서지정보유통지원시스템 홈페이지(http://seoji.nl.go.kr)와 국가자료공동목록시스템(http://www.nl.go.kr/kolisnet)에서 이용하실 수 있습니다.(CIP제어번호:CIP2017026488)